KB081278

김정선

이십대 후반에서 오십대 중반까지 출판 단행본
교정 교열 일을 했다.『동사의 맛』『내 문장이 그렇게
이상한가요?』『열 문장 쓰는 법』 등의 책을 내고
강연을 다닌다.

소설의 첫 문장

© 김정선 2016
이 책은 저작권법에 의하여 한국 내에서 보호를 받는 저작물이므로
무단전재와 복제를 금합니다. 이 책 내용의 전부 또는 일부를 이용하려면
저작권자와 도서출판 유유의 동의를 얻어야 합니다.

소설의 첫 문장: 다시 사는 삶을 위하여. 김정선 지음.

다시 사는 삶, 다시 쓰는 첫 문장

이 책의 '첫 문장'은 소설의 첫 문장들만 모아 보면 어떨까 하는 아주 단순한 생각에서 시작되었다. 실제로 모아 놓고 보니 그럴듯하다. 이 문장이 이 소설의 첫 문장이었던가 싶은 첫 문장이 있는가 하면, 이런 문장으로 시작하는 소설은 과연 어떤 내용을 담고 있을까 궁금해지는 첫 문장도 많았다. 무엇보다 소설의 첫 문장만 모아 놓으니 '세상 이야기의 모든 시작'을 모아 놓은 것 같아 묘한 흥분이 느껴지기도 했다.

각각의 첫 문장 옆에 짧은 단상을 달았다. 첫 문장과 관련된 이야기를 적기도 했고, 개인적인 상념을 늘어놓기도 했으며, 소설을 읽은 감상을 덧붙이기도 했다. 이런 걸 잡문이라고 불러야 하려나……. 뭐라고 불러야 하든, 나는 즐겁게 썼다.

지난 2년간 두 권의 문장 관련 책을 내고 팔자에 없는 전문가 소리를 들어가며 강의까지 하다 보니, 마음속에 부담감만 늘어 갔다. 남의 문장을 다듬는 것에도 더 이상 흥미를 느끼지 못했고 내 문장을 쓰는 일도 버겁기만 했다. 무엇보다 내 책을 읽고 강의를 들으러 오는 수강생 대부분이 글쓰기 때문에 엄청난 스트레스를 받고 있다는 걸 알게 되었다. 실제로 모두들 심각한 표정으로 무언가 해법을 제시해 주길 바랄 뿐 글 쓰는 일이 즐겁다는 표정은 아니었다. 이건 아니다 싶었다. 강의를 그만두기로 결정하고 나서 과연 뭐가 잘못된 것인지 곰곰이 생각해 보았다. 잘못된 건 수강생이 아니라 나였다. 내가 즐거움을 느끼지 못하니 그들의 글과 표정에서 즐거움을 보지 못한 것뿐이다.

2년 전에 기획해서 첫 문장을 모으고 단상까지 써 놓았던 이 책의 원고를 정리하고 더러는 다시 쓰기도 하면서 글 쓰고 읽는 일의 즐거움을 다시 찾고 싶었다. 시작으로 돌아가서 말이다. 예컨대 내 '글쓰기의 첫 문장'이자 내 '삶의 첫 문장'으로 돌아가고 싶었달까.

다른 사람의 삶에 공감하려면 '내 삶'이라는 기반이 있어야 하는 것처럼 다른 사람의 글을 제대로 읽어 내려면 '내 문장'이라는 근거가 있어야 한다. 그리고 '내 문장'은 바로 '내 삶'을 표현한 것이어야 하고. 이게 바로 글쓰기와 글 읽기의 시작점 아니겠는가. 규칙과 기술을 익히기만 하면 자연스럽게 문장을 읽거나 쓸 수 있는 건 아니니까. 이런저런 기법을 익힌다고 해서 내 손끝에서 나만의 문장이 저절로 나오는 것도 아니고, 다른 사람의 글이 첫눈에 말끔하게 해독되는 것도 아니듯이.

첫 문장으로 돌아가 보는 건 어떨까. 삶의 첫 문장이든 글쓰기의 첫 문장이든. 우선은 소설의 첫 문장을 통해 내 글쓰기의 첫 문장으로 돌아가 볼 수 있다면, 더불어 내 삶의 첫 문장까지 다시 살펴볼 수 있다면 더할 나위 없겠다. 하여 처음부터 이렇게 살려던 것도 아니었고, 처음부터 이렇게 쓰려던 것도 아니었노라고 스스로에게 말해 볼 수 있다면.

　이 책은 문장을 어떻게 써야 하는지 알려 주는 책이 아니니 오해 없기 바란다. 소설에 대해 논한 책 또한 아니다. 단지 소설의 첫 문장에 기대어 쓴 짧은 단상을 모은 책에 불과하다.

　단행본으로 출간된 장편소설이나 경장편소설의 첫 문장만 대상으로 삼았다. 중·단편 소설은 제외했다. '머리말'은 뺐지만, '프롤로그'는 본문으로 인정해서 그 첫 문장을 해당 소설의 첫 문장으로 삼았다. 그리고 맨 처음 나오는 마침표까지를 첫 문장으로 정했다(다만 대사인 경우 첫 대사 전체를 첫 문장으로 삼았다). 첫 문장의 가치나 순위 같은 건 고려하지 않았다. 문학 작품을 놓고 뭐가 낫고 낫지 않고를 따지는 것도 마뜩잖은데 첫 문장을 가지고 그리할 생각은 없었다. 이 책에 실은 소설을 모두 다 읽지는 못했다. 두세 번 읽은 소설이 있는가 하면 말 그대로 첫 문장만 구경한 소설도 많다.

　책을 만드느라 애쓴 분들에게 고마움을 전한다. 그리고 이 책에 실은 소설의 첫 문장을 쓴 작가들을 비롯해서 세상의 모든 소설가에게 응원의 말을 전하고 싶다.

차례

_____

3장   다시 사는 첫 문장

4장   다시 읽는 첫 문장

1장 다시 보는 첫 문장

●다음이 뭐야?

"이제 어떻게 될까, 응?"

앤서니 버지스, 박시영 옮김, 『시계태엽 오렌지』,
민음사, 2005.

"다음이 뭐야. 다음이— 뭐야……"

토마스 만, 홍성광 옮김, 『부덴브로크 가의
사람들』, 민음사, 2001.

궁금했다. 과연 다음이 어떻게 될지. 잘되고 못되고를 떠나서 그냥 궁금했을 뿐이다. 그런 마음으로 소설책도 읽고 내 삶에 대한 기대감도 키웠던 모양이다. 무슨 일이 어떻게 벌어질지 다음을 궁금해하고 기대하는 마음으로. "궁금했다"라고 과거형으로 썼으니 지금은 그렇지 않다는 말이겠다.

그렇다. 언제부터인지 내 안에서 더 이상 그런 마음을 찾아볼 수 없게 되었다. 다음이 어떻게 될지 궁금하지도 않을뿐더러 기대감도 사라졌다. 소설책을 봐도 재미가 없고 삶은 그야말로 균일한 시간이 째깍째깍 흐르는 시계 같아져서 드라마라고는 눈을 씻고도 찾아볼 수 없게 되었다.

그렇다고 실망하기만 한 건 아니다. 어쩌면 이야기나 삶의 다른 면을 보게 되었는지도 모르니까. 더 이상 궁금하지도 않고 기대할 것도 없을 때 이야기는 이제까지와 다른 면을 드러내 보이고, 삶 또한 과거 현재 미래로 이어지는 인과관계의 틀에서 벗어나 마치 꿈속처럼 제각각의 세계를 펼쳐 보일 수도 있으니까.

이젠 소설책을 읽을 때든 삶의 모퉁이에서 다음 장면을 앞두고 있을 때든 내가 궁금해하는 다음은, 다음의 내가 어떤 나일지뿐이다. 다음 이야기에서 내가 어떤 느낌을 갖게 될지, 또는 삶의 다음 장면에서 내가 어떤 행동을 취하게 될지……. 그게 궁금할 뿐이다. 다음의 나.

나는 고양이다.

나쓰메 소세키, 송태욱 옮김, 『나는
고양이로소이다』, 현암사, 2013.

나는 침대다.

최수철, 『침대』, 문학과지성사, 2011.

상대가 내게 누구냐고 묻지 않고 뭐냐고 물을 때, 대답하기 난감하다. 아니, 난감하다기보다 곤혹스럽다. 뭐냐는 물음 앞엔 대개 '정체'가 붙기 때문.

'당신 정체가 뭐야?'

그래도 이건 참아 줄 수 있다. 뭐 적당히 대응하거나 아니면 미친개에게 물렸다고 여기면 그뿐이니까.

문제는 같은 물음이 내 입에서 나올 때다.

'나는 대체 뭐하는 놈일까?'

이럴 땐 저 두 문장처럼 고양이든 침대든 정확하고 분명한 술어가 간절해진다. 언제 어디서든 또 누구에게든 주저 없이 분명하게 자신을 드러낼 수 있는 존재. 굳이 설명이 필요 없는 존재. 그런 존재가 마냥 부러워진달까.

하지만 어쩌랴. 내 정체를 규정하는 건, 내 안에 존재하면서, 나는 물론 다른 사람들까지 헷갈리게 만드는, 바로 그 '분명하지 않은 요소들'인걸.

● 같잖은……

행복한 가정은 모두 고만고만하지만
무릇 불행한 가정은 나름나름으로 불행하다.

레프 톨스토이, 박형규 옮김, 『안나 카레니나』,
문학동네, 2010.

죽음이 다 같은 것은 아니다.

비카스 스와루프, 조영학 옮김, 『6인의 용의자』,
문학동네, 2009.

뭐 하나 같은 것이 없다. 삶도 죽음도. 물론 그사이에서 겪는 행복과 불행의 모습도 다르고, 그 행불행을 함께하는 사람들의 마음까지도 다 제각각이다.

같지 않아야 마땅하다. 우린 모두 서로 다른 사람이니까. 이 자명한 사실을 왜 자꾸만 부정하려는 건지.

말만 해도 그렇다. 같아야 한다는 강박이 얼마나 지독했으면 같지 않은 걸 '같잖다'라고 표현했을까.

무섭다. 말도 무섭고 그 말에 담긴 사람들의 욕망도 무섭고.

아무도 나와 같지 않기를 바랄 뿐이다. 털끝만큼도 같지 않기를……

이곳 사람들은 나를 안다.

이창래, 정영목 옮김, 『척하는 삶』,
알에이치코리아, 2014.

나는 이곳이 어딘지 모른다.

최수철, 『매미』, 문학과지성사, 2000.

나도 내가 사는 이곳이 어딘지 모르겠다. 반면 이곳 사람들은 이곳이 어딘지는 물론 내가 누군지도 훤히 다 아는 것처럼 군다. 자기들끼리도 서로 잘 아는 것처럼 구는 건 마찬가지다.

그런데 가끔, 아주 가끔, "네가 그럴 줄은 정말 몰랐어"라는 말을 듣게 되는 걸 보면 이 사람들이 과연 나를 잘 아는 게 맞나 싶어지기도 한다. 자기들끼리도 "난 걔가 그런 놈인 줄은 상상도 못했다야" 하고 말할 때가 잦은 걸 보면 서로 잘 안다는 것도 사실이 아닌 것 같고, "세상 참 말세다" 하고 탄식 아닌 탄식을 종종 내뱉는 걸 보면 이곳에 대해서도 역시 잘 모르는 것 같다.

그러니 나를 비롯해 이곳에 살고 있는 대부분의 사람은 이곳이 어딘지도 잘 모르고 서로에 대해서도 역시 잘 모르는 것이다. 다행이다. 이곳이 어디고 저들이 누구인지 곰곰이 생각할 필요가 없어졌으니 말이다.

●꿈
___

과연 이런 멋진 꿈을 꿔도
되는 거냐 싶은 꿈을 꿨다.

박상, 『말이 되냐』, 새파란상상, 2010.

무서운 꿈을 꾸었다.

에쿠니 가오리, 김난주 옮김, 『냉정과 열정 사이』,
소담출판사, 2000.

멋진 꿈과 무서운 꿈. 누구나 한 번쯤은 꿔 봤음 직한 꿈이다.

멋진 꿈은 말 그대로 멋지게 꿈을 이루어 내가 그토록 오랫동안 바라 온 존재가 된 꿈이겠다. 꿈속에서마저 이래도 되나 싶어 충분히 기뻐하지 못하고 혹시나 꿈일까 싶어 전전긍긍하게 만드는 꿈. 그러니 따지고 보면 이런 꿈이야말로 고약한 꿈인 셈이다. 깨고 나면 괜스레 추락이라도 한 것처럼 등 언저리를 시리게 만드는 꿈이니까.

무서운 꿈은 당연히 누군가에게 쫓기는 꿈이겠다. 도망가려 애쓰지만 좀처럼 거리를 벌리지 못하고 계속 쫓기는 꿈. 이런 꿈이 무서운 건 끝까지 잡히지 않아서다. 아예 잡혀 버리면 놀라서 깨 버리기라도 할 텐데, 멀리 도망가지도 못하지만 그렇다고 금방 잡히지도 않으니 내내 공포를 느껴야 한다는 게 무서움의 핵심이다. 게다가 나를 그토록 검질기게 쫓아오는 존재가 목소리라면…… 오싹하다.

무언가 결정을 내리기에 일요일
오후는 나쁜 시간이다.

프란세스코 미랄례스·카레 산토스, 권상미 옮김,
『일요일의 카페』, 문학동네, 2014.

왜냐하면 일요일 오후에 우리는 우리가 일상을 보내는 세상과 전혀 다른 세상에 머물기 때문이다. 종교를 가진 사람이라면 두말할 필요 없겠지만, 그렇지 않은 사람에게도 일요일 오후는 어쩐지 세속적인 세상과는 동떨어진 시간처럼 여겨지니까.

그건 우리가 일요일 오후에 하는 일들을 생각해 봐도 금방 알 수 있다. 성장盛裝을 하고 각종 행사며 기념식에 참석하거나 낚시나 등산을 가거나 낮잠을 즐기거나 하루 종일 티브이 앞에 누워 있거나 하니까. 월, 화, 수, 목, 금으로 이어지는 일상의 영역에서는 꿈도 꿀 수 없는 '성스러운 일'들이다. 심지어 토요일 오후에 하기에도 뭔가 어색한, 오직 일요일 오후에만 허락되는 일들.

당연히 무언가를 결정하는 일은 그 '성스러운 일'에 포함되지 않는다. 왜냐하면 그건 지극히 일상적인 일이기 때문이다. 예외가 있다면, 글쎄, 자살 결정 정도일까.

●고장

시계가 멎었어요.

이윤기, 『뿌리와 날개』, 현대문학, 1998.

세탁기가 고장 났다.

김희진, 『옷의 시간들』, 자음과모음, 2011.

노트북이 고장 나서 밤새 고생한 적이 있다. 고생이라고 해봐야 마음고생이 다였다. 노트북에 대해 아는 게 전혀 없으니 마음만 요철을 뿌려 놓은 듯 울퉁불퉁 뾰족뾰족해질 뿐 실제로 딱히 할 수 있는 게 없었으니까. 자고 일어나면 다시 멀쩡하게 작동할지도 모른다는 소박한 바람부터 노트북 회사에서 일부러 바이러스를 깔아 적당한 때가 되면 고장 나게 만들었다는 억측에 이르기까지 참으로 유치한 생각들에 빠져 잠을 이루지 못했던 기억뿐이다. 다음 날 아침 에이에스 센터에 전화를 걸었더니 가져올 필요도 없다며 전화로 지시하면서 해결해 주는 바람에 민망했던 기억은 덤으로 남아 있다.

뭔가 고장이 났을 때 어린아이처럼 제멋대로 생각하게 되는 건 마치 삶이 멈춰 선 듯한 착각에 빠져들기 때문이리라. 고장이 난 것이 기계가 아니라 내 삶이고 나라는 생각. 내 삶과 나는 설계도도 없고 작동 원리도 알 수 없으니 허둥댈 수밖에.

그래서일까. 소설의 첫 문장에서 뭔가 고장이 났다는 표현을 만나면 대개 누군가의 삶이 고장 났다는 의미로 받아들이게 된다.

●냄새 1

냄새가 먼저였다.

구효서, 『동주』, 자음과모음, 2011.

냄새는 악어빌딩 어디에나
스며 있었다.

김중혁, 『당신의 그림자는 월요일』,
문학과지성사, 2014.

이 냄새다.

하성란, 『A』, 자음과모음, 2010.

냄새에 민감하다. 누군들 안 그렇겠는가. 인간의 오감 중에서 가장 예민한 것이 후각이라는데. 어디서나 늘 "냄새가 먼저"겠지.

냄새가 없는 곳은 없다. 냄새는 "어디에나 스며 있"어서 어디서든 맞닥뜨리게 된다. 따지고 보면 수십 년 동안 그 냄새를 맡아 온 셈인데, 왜 질리지 않는지 궁금할 때도 있다. 세상에 지독한 냄새는 있어도 지루한 냄새는 없기 때문일까?

아무려나 나는 날씨도 냄새를 통해 감지하고 하루가 저무는 것도 냄새로 먼저 알고 계절이 바뀌는 것도 냄새를 통해 처음 느낀다. 심지어는 내가 만나는 사람도 냄새로 판단하고 싶어질 때가 많다. 나랑 취향이 비슷한 사람인지 아닌지 냄새를 맡아 보면 알 수 있을 것 같달까. 나랑 같은 사람을 발견하면 속으로 "이 냄새다!" 하고 소리를 지를 것 같기도 하고.

중불에 달구어진 설탕 냄새가 난다.

구병모, 『위저드 베이커리』, 창비, 2009.

따뜻한 날들이면 우리 집 벽에서
부드러운 우유 냄새가 올라온다.

메이어 샬레브, 박찬원 옮김, 『네 번의 식사』,
시공사, 2013.

이제는 더 이상 맡기 어려운 냄새들이 문득 그리워질 때가 있다.

초등학교 때 급식으로 받곤 했던, 내 얼굴만 하던 빵 냄새, 주전자에 담아 따라 주던 따뜻하게 데운 우유 냄새, 몽당연필 냄새, 학교 마룻바닥에 문질러 대던 고체 왁스 냄새, '아까징끼'라고 부르던 빨간 약 냄새, 좀약 냄새, 장판이 거뭇하게 탄 아랫목 냄새, 밥 타는 냄새, 비를 흠뻑 맞고 난 뒤에 몸에서 나는 비릿한 냄새, 풀 먹여 빨아 다듬이질한 요에서 나던 냄새, 어머니가 아닌 엄마 냄새, 선생님 냄새, 외할머니 옷에서 나던 냄새, 찬장 냄새, 연탄을 갈 때마다 맡았던 아궁이 냄새, 솜틀집에서 나던 솜 냄새, 온 집 안에 진동하던 메주 냄새와 간장 달이는 냄새, 옻칠한 밥상에 뜨거운 냄비를 올려놓을 때 나던 냄새, 교모校帽에서 나던 머리 냄새, 홍합을 파는 길거리 작은 포장마차에서 나던 카바이드 냄새, 내가 가장 좋아했던 은하수 담배 냄새, 판초 우의 냄새, 사격을 끝내고 맡는 화약 냄새, 담배를 배우기 전에 맡았던 담배 냄새, 술을 배우기 전에 맡았던 술 냄새, 화염병에서 나던 시너 냄새, 지금보다 훨씬 키가 작았을 때 맡았던 저 낮은 곳과 모든 구석의 냄새들. 그리고 무엇보다 내겐 세상의 냄새나 마찬가지였던, 골목 끝에서 풍겨 오던 정체 모를 그 냄새, 적요寂寥의 냄새라고 이름 붙이고 싶은 바로 그 냄새.

평생 다시 돌아오지 않을 거라면
무엇을 챙겨 가야 할까?

라이오넬 슈라이버, 박아람 옮김, 『내 아내에
대하여』, 알에이치코리아, 2013.

나는 허름한 배낭에 MP3와 소설책
한 권을 넣고 집을 떠났다.

장은진, 『아무도 편지하지 않다』, 문학동네, 2009.

돌아갈 수는 없었다.

트레이시 슈발리에, 이나경 옮김,
『라스트 런어웨이』, 아르테, 2014.

글쎄, 뭘 챙겨야 할까? 다시는 돌아올 수 없는, 아니 돌아오지 않을 길을 떠나게 된다면.

처음엔 돌아오지 않을 생각이었겠지만 결국엔 돌아올 수 없는 길이 되었을지도 모르지. 어떤 길일까. 여행길일까. 아니면 그보다 더 먼 길?

어떤 길이 되었든 우선 가방이 필요하겠지. 허름한 배낭도 뭐 나쁘지 않을 테고. MP3? 음악 듣는 걸 딱히 즐기지 않으니 그런 건 필요 없겠지만, 요즘은 휴대전화가 모든 걸 대신하니 선택의 여지는 없겠다. 아니 휴대전화를 가져갈지 말지 그걸 선택해야겠군. 어떻게 한다? 참, 이래 가지고 무슨 돌아오지 않을 길을 떠난다고…….

다시 하자.

그러니까 어느 날 어스름이 내릴 무렵 허름한 배낭에 소설책 한 권을 담고 집을 나와 터벅터벅 걷는다. 그저 멀리 눈앞에 점 하나를 찍고 그 점을 향해 하염없이 걷는 거다. 휴대전화는 물론 다른 것도 필요 없다. 어차피 돌아오지 않을 거니까. 아니 돌아올 수 없는 길이 될 테니까.

● 다른 사람들도 그런지

침묵하면 불편해지고, 말을 하면
우스워져, 에드가가 말했다.

헤르타 뮐러, 박경희 옮김, 『마음짐승』,
문학동네, 2010.

다른 사람들도 그런지 모르겠다.

은희경, 『그것은 꿈이었을까』, 현대문학, 1999.

쓸데없이 이런저런 말 하지 않고 침묵에 잠기고 싶은데 사람들과 함께 있을 때면 불편해서 그게 잘 안 된다. 소심해서 상대를 더 신경 쓸 수밖에 없는 쪽이 먼저 입을 열게 마련인지라 굳이 할 필요도 없는 말을 늘어놓게 되고 결국 내 꼴이 우스워지는 걸 감수할 수밖에 없다. 늘 그렇다.

자연스레, 침묵도 아무나 하는 게 아니라는 걸 깨닫게 된다. 말하고 싶을 때 선뜻 나서서 말할 수 있는 것도 권력이고 능력이지만, 침묵하고 싶을 때 눈치 보지 않고 침묵할 수 있는 것도 권력이고 능력이라는 걸 매번 절감한달까.

다른 사람들도 그런지…….

● 체포

내가 체포되어 경찰에 끌려오다니,
정말이지 내 생애에 이런 일이
있으리라고는 꿈에도 상상하지 못했다.

하일지, 『진술』, 문학과지성사, 2000.

나도 마찬가지다. 다만 내 경우는 꿈에도 상상 못한 건 아니었다. 경찰에 체포된 게 바로 꿈속이었으니까.

　경찰이라기보다 경찰 역을 맡은 배우 같아 보이는 두 사내가 나를 찾아와서는 동행을 요구했다. 이유는 가 보면 알 거라며 막무가내로 나를 잡아끌었다. 그다음 장면에서 나는 취조실에 앉아 있었다. 탁자며 의자, 삼십 촉짜리 전구에 전등갓까지, 취조실은 이런 곳이겠거니 하고 머릿속에서 그려 보곤 하던 바로 그 취조실이었다. 나를 앉히고 사내들은 맞은편에 선 채로 내게 진술서를 내밀었다. 나는 잘못한 게 없다고 말했지만 그들은 곧 생각이 날 거라며 의미심장하게 웃었다. 그러고는 내가 아내를 죽였다고 말했다. 그러자 놀랍게도 존재하지도 않는 아내 얼굴이 떠올랐고, 그들이 내가 저수지에 아내를 빠뜨렸다고 말하자 이번엔 물속에서 나를 빤히 쳐다보고 있는 아내의 얼굴이 떠올랐다. 나는 물 밖에서 아내의 손을 잡고 있었다. 내가 손을 뿌리쳤던가. 아니면 끌어올리려고 잡은 게 아니라 밀어 넣으려고 잡았던가. 아무려나 그들이 말한 대로 나는 빠짐없이 기억해 냈고 진술서에 그대로 적을 수밖에 없었다. 그러자 사내들은 진술서 내용을 확인해 줄 목격자를 만나러 가야 한다며 다시 나를 이끌었다. 그들이 어느 단독주택 앞에 나를 세워 두고 초인종을 울리자 잠시 후 문이 열리고 누군가 나왔는데, 아내였다. 아내는 나를 흘깃 보더니 사내들에게 이렇게 말했다.

　맞아요, 저 사람이 나를 죽였어요.

"이대로 가라앉을 수만
있다면……."

레지 드 사 모레이라, 이희정 옮김, 『책방 주인』,
예담, 2014.

나쁜 생각이 들어서 당신을
보러 왔어요.

니나 부라위, 기영인 옮김, 『나쁜 생각들』,
뿔, 2011.

모르는 척하는 게 차라리 나은 것들. 가령 연극무대 뒤의 어수선함 같은. 혹은 배우들의 사생활. 대가들의 서툴기 그지없는 초기작. 어린 시절의 치기 어린 행동. 상대에게 가닿지 못하고 허공을 맴도는 시선. 남몰래 품은 나쁜 생각들. 세상이 '이면'裏面이라고 부르는 모든 것들. 몰라도 된다고는 말할 수 없어도, 알아도 굳이 아는 척하지 않는 게 서로에게 좋다고 말할 수 있는. 아는 척하는 사람에겐 도대체 무엇을 안다는 것이냐고 되묻고 싶은. 걱정하지 말라고, 당신들을 해치지 않는다고 말해 주고 싶은. 당신들을 해치지 않아요. 내가 해치고 싶은 건 나뿐이니까. 연극무대 뒤의 어수선함이 해치고 싶어 하는 건 그 어수선함뿐이듯, 나쁜 생각들이 해치고 싶어 하는 것 또한 단지 그 나쁜 생각들뿐이라고. 그러니 당신들과는 아무런 상관이 없는. 실제로 한 번이라도 당신들을 해친 적이 있느냐고 묻고 싶은. 바로 그것들.

그런 것들. 세상이 '이면'이라고 부르는. 그 가운데 내 몫이 된. 내가 원해서라기보다 어쩌다 내 몫이 되어 버린. 나쁜 생각들. 집요하게 이어지는 그것들. 자신의 삶을 온통 단 한 뼘의 기억 속에 가두고 그 안에서만 끊임없이 맴도는 치매 환자처럼, 나로 하여금 하루 종일 그 안을 맴돌게 만드는. 한 뼘의 생각. 언젠가는 아무도 모르게 스스로를 해칠. 대체 저런 곳에 어떻게 눈이 내려 쌓일 수 있는지 가늠이 되지 않는, 후미진 골목 저 깊숙한 곳, 미처 도망가지 못한 밤손님처럼 웅숭웅숭 모여 있는 눈 무더기 같은. 눈치 없는. 그래서 믿음이 가는. 믿을 수 없는 것이기에 더 믿을 수밖에 없는. 나쁜 생각들. "당신을 줄곧 지켜봤지"라고 말하는. 그러고는 무섭게 침묵하는. 차갑게 외면하는. 외면하면서도 줄곧 나를 지켜보는. 그래서 이상한. 이상하게 안심이 되는. 그것들.

그날, 나는 그 남자의 책을 훔쳤다.

함정임, 『내 남자의 책』, 뿔, 2011.

어느 날 한 권의 책을 읽었다.

오르한 파묵, 이난아 옮김, 『새로운 인생』,
민음사, 1999.

『톰 소여의 모험』이라는 책을
읽어 보지 않은 사람이라면 아마
나에 대해 잘 모를 겁니다.

마크 트웨인, 김욱동 옮김, 『허클베리 핀의 모험』,
민음사, 1998.

책은 나와 누군가를 매개하기도 하고 내 삶의 어느 날을 의미 있는 날로 만들기도 하고 때로는 내게 다른 책을 소개해 주기도 한다. 책을 통해 사람을 만나고, 책을 통해 내 삶을 돌아보거나 바꾸고, 책을 통해 다른 책을 소개받기도 하니까.

하지만 내 경우엔 책과 내가 아무런 매개 없이 만날 때 책이 가장 빛났던 것으로 기억한다. 책을 만나는 설렘도 그때 가장 컸지 싶고.

요즘은 그런 경험을 하기가 쉽지 않다. 인터넷서점에서 저자며 출판사며 심지어는 내용까지 일일이 다 검색해 보고 다른 사람들이 올린 서평까지 모두 섭렵한 뒤에도 선뜻 구입을 못 하고 장바구니에 담아 두었다가, 나중에 지인들의 입에 오르내리는 것까지 확인하고 나서야 비로소 해당 책을 구입하는 경우가 많아서다. 그러다 보니 책이 내 손에 들어올 무렵이면 이미 그 책의 내용을 훤히 다 알고 있거나 적어도 대충 꿰고 있기가 쉽다. 설렘이 생길 리 없다. 그 순간 독서는 블로그나 SNS에 서평이나 사진을 올리기 위한 행위에 지나지 않으니까.

가끔은 책과 나 사이에 아무것도 없던 그 시절이 그리울 때가 있다.

비스듬히 뉜 연필의 심이 종이 위를
슥슥슥 지나간다.

이혜경, 『저녁이 깊다』, 문학과지성사, 2014.

작가 김훈의 소설은 '원고지에 연필로 꾹꾹 눌러 쓴 소설'로 잘 알려져 있다. 그만큼 치열하게 썼다는 의미를 걷어 내면 남는 건, 몽당연필이다. 새로 깎은 연필이라면 꾹꾹 눌러 쓸 수 없을 테니까. 비스듬히 뉘어 슥슥슥 소리가 나도록 쓰는 수밖에 없다.

초등학교에 다닐 때 아침이면 선생님이 연필 검사를 하곤 했다. 필통에서 연필을 꺼내 책상 위에 늘어놓게 한 다음 하나하나 잘 깎았는지 검사했다. 연필 깎는 기계도 있었지만 대개는 면도칼처럼 생긴 연필 깎는 칼로 깎아서 쓰던 시절이었다. 그러니 선생님으로서는 집에서 부모가 자녀의 수업 준비에 얼마나 신경을 쓰는지 확인할 수 있는 좋은 방법이었다.

어릴 때야 그런 걸 알았겠는가. 그저 향나무를 깎아 흑연을 박아 넣은 그 연필들이 우르르 쏟아져 나올 때 나는 알싸한 향이며 책상 위를 또르르 구르는 소리가 인상적이었을 뿐. 고학년이 되어서는 그 긴 연필을 손가락 사이에 끼우고는 무릎에 탁쳐서 부러뜨리는 짓궂은 장난도 쳤지 싶다.

이제 더는 말끔하게 깎은 긴 연필이 가지런히 누워 있는 필통을 볼 일은 없으리라. 그래도 가끔은 연필을 깎고 싶어질 때가 있다. 알싸하게 퍼지는 향나무 냄새도 맡고 종이 위를 슥슥슥 지나가는 연필 심 소리도 듣고 싶어서.

● 옥獄

"어이, 지옥으로 가는 거야!"

코바야시 타끼지, 서은혜 옮김,『게 가공선』,
창비, 2012.

"아저씨 감옥에서 나왔죠?"

최제훈,『나비잠』, 문학과지성사, 2013.

지옥地獄과 감옥監獄 모두 한자로는 옥 옥獄 자를 쓴다. 죄인을 가두는 곳이라는 뜻이란다. 그런데 천국은 나라 국國 자를 쓴다. 한쪽은 감옥이고 다른 쪽은 나라인 셈이다.

지하철에서 가끔 "예수 천국, 불신 지옥"이라고 쓴 팻말을 목에 걸고 다니며 똑같은 말을 외쳐 대는 사람들을 본다. 예수를 믿으면 죽고 나서 하늘에 있는 '나라'에 들어갈 수 있지만, 믿지 않으면 땅 밑에 있다는 '감옥'에 갇힌다는 뜻이리라.

갑자기 생각이 많아진다. 죽고 나서 선택할 수 있는 게 '나라' 아니면 '감옥'이란 말이지. 음, 그렇단 말이지. 어느 쪽이 좋은 걸까. 별것도 아닌 일에 괜스레 심각해진다. 아니 별것 아닌 건 아니지. 죽고 나서 어디로 갈지를 결정하는 중차대한 일인데…….

어려울 것 같던 결정은 의외로 쉽게 해결됐다. 하늘나라도 나라는 나라일 테니 나는 다시 국민이 되는 것이리라. 죽고 나서도 또 그 지긋지긋한 국민으로 살아야 한다고 생각하니 차라리 감옥이 나을 것 같았다. 게다가 감옥은 한 번도 경험해 보지 못했으니 신선할 것도 같고.

최고의 시절이자 최악의 시절,
지혜의 시대이자 어리석음의 시대였다.

찰스 디킨스, 이은정 옮김, 『두 도시 이야기』,
펭귄클래식 코리아, 2012.

우리 시대는 본질적으로 비극적이다.

데이비드 허버트 로렌스, 이인규 옮김, 『채털리
부인의 연인』, 민음사, 2003.

어느 시대나 다 마찬가지인 모양이다. 누구에겐 최고의 시절이 누구에겐 최악의 시절이 되고, 누군가에겐 지혜의 시대가 누군가에겐 어리석음의 시대가 되기도 하지만, 공통적인 건 모든 시대가 본질적으로 비극적이라는 것. 왜냐하면 '우리 시대'이니까. 다른 이가 아닌 나와 우리가 감당해야 할 시간들. 생각이 다르고 취향이 다른 여러 사람이 동시대를 함께 살아야 한다는, 그 엄청난 모순을 버텨 내야 하는 시간들이니까.

● 어쩔 수 없는 일

첫눈에 반해 버렸다.

조지프 헬러, 안정효 옮김, 『캐치-22』, 민음사,
2008.

그것은 어쩔 수 없는 일이었다.

가브리엘 가르시아 마르케스, 송병선 옮김,
『콜레라 시대의 사랑』, 민음사, 2004.

첫눈에 반해 본 적 없다. 다른 사람이 그랬노라고 말해도 곧이곧대로 듣지 않았다. 그 첫눈이 실제로는 첫눈이 아니거나, 아니면 첫눈에 반하는 건 성격이 유난히 급한 사람들의 몫이겠거니 여겼더랬다. 오래도록 이상형을 머릿속에 그리고 있다가 거기에 부합하는 사람을 만났다면 그건 엄밀한 의미에서 첫눈일 수 없고, 무슨 일이든 우선 판단을 내리고 시작해야 직성이 풀리는 성격이라면 첫눈에 반하기도 쉽고 첫눈에 반했다고 말하기도 어렵지 않을 테니까.

그랬는데, 신문에서 어떤 인터뷰 기사를 읽고 나서 생각이 달라졌다. 첫눈에 반하는 것은 물론 서로 얼굴 한 번 보지 않고도 얼마든지 끌릴 수 있겠다 싶어졌다. 죽음을 연구하는 내과 의사가 인터뷰의 주인공이었다. 사람이 죽으면 에너지의 파장이 같은 영혼들끼리 자연스레 모이게 된다고 의사는 설명했다. 살아 있는 동안에는 성격이며 습관이 다른 사람끼리도 얼마든지 뒤섞여 살게 되지만 죽어서는 그러지 않는다는 것이다. 예전 같으면 말 같지도 않은 얘기를 그것도 의사라는 사람이 지껄이고 있다고 혀를 끌끌 찼을 텐데, 어쩐 일인지 그날 나는 불에 덴 듯 그 인터뷰 기사를 되풀이 읽었다. 갑자기 죽는 일이 하나도 겁나지 않을뿐더러, 좀 과장하자면 죽음이 기다려지기까지 했다.

죽고 난 뒤에 같이할 인연을, 그러니까 자신과 에너지의 파장이 같은 사람을, 살아 있는 동안에 알아보는 일이 불가능하지만은 않으리라. 그렇게 생각하고 싶어졌다. 첫눈에 반하는 것, 어쩔 수 없는 일이라고.

위험에 대한 경고는 언제나 실제로
닥쳐오는 위험보다 많지만 막상
위험이 닥칠 때는 어떤 경고도 없는
법이었다.

편혜영, 『재와 빨강』, 창비, 2010.

인간에게 언제 재앙이 닥쳐올지
아무도 모른다.

그레엄 그린, 안홍규 옮김, 『제3의 사나이』,
문예출판사, 2006.

준비가 다 된 상태에서 맞는 위험 같은 건 없다. 경고란 단지 위험이 닥칠지 모른다는 신호일 뿐 대처 방안은 아니니까. 그리고 모든 위험은 다 다른 재앙으로 나타나거나 적어도 다른 재앙을 불러일으키니 세상에 똑같은 위험도 없다. 게다가 위험은 시작되는 순간 더 이상 위험이 아니니 설령 그 위험에서 빠져나왔다고 해도 겪었노라고 말할 수 없고.

그러고 보니 삶과 닮았다. 위험 말이다. 경고와 재앙으로 둘러싸인 채 아무도 알지 못하는 곳에 도사리고 있는 듯하지만 실은 어느 곳에나 있고 어떤 형태로든 이어지니까. 위험과 삶, 아니 위험한 삶.

●사실과 허구

이 글은 사실도 픽션도 아닌 그
중간쯤의 글이 될 것 같은 예감이다.

신경숙, 『외딴방』, 문학동네, 1999.

우리가 살아온 현실은 언제나 반은
〈허구〉로 이루어지게 마련이다.

오시이 마모루, 『야수들의 밤』, 황상훈 옮김,
황금가지, 2002.

어디 우리가 쓰는 글과 우리가 살아온 현실만 그럴까. 따지고 보면 우리 자신 또한 반은 허구로 이루어진 존재가 아닌가.

나는 누군가가 제멋대로 상상하고 오해하고 믿어 버린 바로 그 존재일 뿐만 아니라, 나는 그런 사람이 아니라니까 하며 답답해하는 나 자신이 제멋대로 상상하고 오해하고 믿어 버린 바로 그 존재이기도 하니까.

우리는 종종 제대로 이해받지 못한 채로 살아가야 하는 서글 픈 삶을 한탄하지만, 어쩌면 우리 스스로를 가장 이해하지 못하는 건 바로 우리 자신인지도 모른다. 왜냐하면 '나는 이러저러한 사람'이라는 허구 속에 갇힌 채 살아야 하는 것이 우리의 숙명이기 때문.

그 허구가 오해를 부르기도 하지만 때로는 삶을 견디게도 해 주지 않을까.

무지개 너머에서 전화가 왔다.

윤후명, 『이별의 노래』, 문학사상사, 1995.

세상 사람들이 천국에서 걸려 온 첫 번째
전화를 받던 날, 테스 래퍼티는 차 상자의
비닐 포장을 뜯고 있었다.

미치 앨봄, 『천국에서 온 첫 번째 전화』, 윤정숙 옮김,
아르테, 2014.

휴대전화가 없던 시절에는 일단 집 밖으로 나가면 전화를 받을 수 없었고, 여보세요 하고 받으면 바로 끊어 버리는 상대방이 누구인지 알 도리도 없었다. 전화는 휴대할 수 없는 물건이며 내 목소리를 듣고 나서 툭 하고 전화를 끊어 버리는 상대가 누구인지 알 수 없다는 건 어떻게 해도 바꿀 수 없는 엄연한 사실이었다. 지금으로서는 이해할 수 없는 이런 엄연한 사실들이 지금으로서는 도무지 납득할 수 없는 어긋난 시간들을 만들어 냈고, 또 지금으로서는 감히 상상도 할 수 없는 이야기들을 엮어 냈다. 가령 약속 장소를 착각해 어긋난 시간이나 누군지 밝히지 않는 목소리 때문에 빚어진 오해들. 그리고 마치 내 인생에서 쑥 하고 빠져나가 엉뚱한 시간 속으로 밀려 들어간 듯한 그 어긋난 시간의 경험들. 지금으로서는 아무리 허방을 디뎌도 도저히 빠져들 수 없는 블랙홀 같은 그 시간 속 이야기들…….

●사랑

영원한 회귀란 신비로운 사상이고,
니체는 이것으로 많은 철학자를 곤경에
빠뜨렸다.

밀란 쿤데라, 이재룡 옮김, 『참을 수 없는 존재의 가벼움』,
민음사, 2009.

이것은 사랑에 관한 책이다.

게리 슈테인가르트, 김승욱 옮김, 『망할 놈의 나라
압수르디스탄』, 민음사, 2007.

사랑 이야기에 뜬금없이 등장한 사상가로 내가 기억하는 사람은 레비스트로스다. 친족 체계에서 나타나는 근친상간에 대한 두려움이 언어의 문법 체계에도 그대로 드러난다고 주장하는 어떤 책에서였다. 가령 'I love her'에서 I가 사랑할 수 있는 건 her이지 She가 아니라는 것('I love She'는 비문이니까). 왜냐하면 I가 She를 사랑하는 것은 근친상간이기 때문. 그건 I와 me에도 그대로 적용된다. 즉 She는 me를 사랑할 수 있지만 I를 사랑할 수는 없다.

레비스트로스의 생각을 확대 적용하면 I와 me는 다른 '나'가 된다. 마찬가지로 She와 her도 다른 '그녀'가 되는 셈이다. 따라서 I와 She가 사랑하기 위해서는 me와 her를 통해야만 한다. 하지만 알다시피 중간에 누군가가 끼어 있는 사랑처럼 위태로운 건 없다(가령 에드거 앨런 포의 「도둑맞은 편지」에서 그렇듯). 중간에 끼어 있는 방해물을 걷어 내려고 애쓸수록 방해물들은 더 짓궂게 장난을 치기 때문이다. 그러니 완전한 사랑은 이루어지기 어렵다.

결국 사랑의 어긋남이 문법 때문이라는 건데……. 글쎄, 말이 되는 얘기일까?

● 바람 1

바람이 사나운 개처럼 컹컹 짖어 댔다.

이승우, 『그곳이 어디든』, 현대문학, 2007.

바람이 대지를 밟고 우우 달려온다.

윤정모, 『그들의 오후』, 창비, 1998.

우리는 사육제의 바람에 실려 왔다.

조앤 해리스, 김경식 옮김, 『초콜릿』, 열린책들, 2004.

세상 한쪽을 쥐어뜯어 갈 듯한 기세로 하루 종일 바람이 불어 댔다. 하필이면 이런 날 나는 침대보와 이불에 베갯잇까지 빨아 널었다. 옥상 빨랫줄에 줄줄이 널고 빨래집게로 단단히 집어 놓고도 좀처럼 안심이 되지 않았다. 유난히 세차게 펄럭이는 침대보 때문이었다. 내 앞에서 지치지도 않고 연신 펄럭이는 침대보를 나는 뚫어져라 노려보았다. 괜찮겠지? 다른 집에서도 빨래를 널었는걸 뭐. 바람이 빨래를 어쩌기야 하겠어. 게다가 집게로 단단히 집어 놓았는데 별일 있으려고.

오후 늦게 빨래를 걷으려고 옥상에 올랐다가 나는 멍해졌다. 이불과 베갯잇은 멀쩡히 걸려 있는데, 침대보가 온데간데없었다. 빨래집게도 보이지 않았다. 별일이구나. 옥상 여기저기를 뒤져 보고 옆 건물의 옥상까지 살폈지만 어디에도 침대보는 보이지 않았다. 혹시 다른 집에서 착각하고 걷어 갔나? 그럴 리가. 침대를 구입할 때 같이 산 것이라 오래 쓰기도 했지만 낡을 대로 낡아 누가 봐도 금방 티가 나는 것이었다. 착각할 리 없다. 더구나 이불도 아니고 침대보인데…….

나는 맥없이 하늘을 올려다보았다. 설사 바람에 날아갔더라도 하늘로 올라갔을 리 만무한데 나는 자꾸만 하늘을 올려다보았다. 그러다가 나도 모르게 피식 웃음이 나왔다. 멋지다, 내 침대보! 이런 날 바람 따라 훌쩍 날아갈 줄도 알고. 기왕이면 아주 멀리멀리 날아가라! 나는 중얼거렸다. 그러고는 히죽히죽 웃었다.

초겨울에 남풍이 불어서 흑산행
돛배는 출항하지 못했다.

김훈, 『흑산』, 학고재, 2011.

봄 병풍의 그림은 중천에 걸려 있는
흐릿한 달, 동풍에 흔들리는 강변의 갈대,
그리고 걸식하는 법사法師다.

마루야마 겐지, 한성례 옮김, 『달에 울다』, 자음과모음,
2009.

바람이 분다. 순간 깨닫는다. 바람은 부는 순간 이미 떠나고 없다는 것을. 정체를 알 수 없을 때까지만 내 곁에 머물 뿐, 아, 바람이구나 하고 느낄 때면 이미 바람은 내 곁을 떠나고 없다. 그래서, 바람이다.

내가 처음 여자의 성기를 본 것은
일곱 살 때였다.

송기원, 『여자에 관한 명상』, 문학동네, 1996.

올여름에 나는 처음으로 텔레비전에서
포르노 영화를 보았다.

아니 에르노, 최정수 옮김, 『단순한 열정』, 문학동네,
2012.

처음이란 균형을 맞추는 데 가장
세심한 신경을 써야 하는 시간이다.

프랭크 허버트, 김승욱 옮김, 『듄』, 황금가지,
2001.

처음으로 꿈꾼 날, 처음으로 이 뽑은 날, 처음으로 글씨 쓴 날, 처음으로 친구와 싸운 날, 처음으로 자장면 먹은 날, 처음으로 남의 집에서 잠잔 날, 처음으로 버스 탄 날, 처음으로 내 이름으로 된 통장 만든 날, 처음으로 도서관에서 책 빌린 날, 처음으로 서점에서 책 산 날, 처음으로 욕한 날, 처음으로 주먹질한 날, 처음으로 나 혼자 목욕 간 날, 처음으로 돈가스 먹은 날, 처음으로 영화 본 날, 처음으로 누군가와 어깨동무한 날, 처음으로 누군가를 좋아한 날, 처음으로 누군가를 미워한 날, 처음으로 키스한 날, 처음으로 섹스한 날, 처음으로 자살을 생각한 날, 처음으로 내 손으로 밥한 날, 처음으로 세금 낸 날, 처음으로 내가 쓸 도마를 사 가지고 온 날, 처음으로 운전한 날……

정확한 날짜를 기억할 수 없지만, 내 마음 한구석에 문신처럼 새겨진 날들.

그녀는 무수한 산들이 겹쳐진 산골 좁다란
오솔길 어귀에 숨어 사는 귀신이다.

리앙, 김태성 옮김, 『눈에 보이는 귀신』, 문학동네, 2011.

넓은 무도회장은 그녀의 생일을
축하하기 위해 모인 반가운 모습의
유령들로 가득했다.

시드니 셸던, 김시내 옮김, 『게임의 여왕』,
문학수첩, 2011.

오페라의 유령은 실제로 존재했다.

가스통 르루, 홍성영 옮김, 『오페라의 유령』,
펭귄클래식 코리아, 2008.

로버트 단턴의 『고양이 대학살』(조한욱 옮김, 문학과지성사, 1996)에 따르면 발리 섬 원주민은 죽은 사람의 시신 주위에 둘러앉아 이삼 일 동안 끊임없이 이야기를 읽는단다. 악마에게서 시신의 영혼을 지키기 위해서라는데 그들의 생각이 재미있다. 즉 이야기가 이야기를 만나 모퉁이를 돌면서 차츰 이야기의 핵심을 향해 다가가게 되는데 그 과정이 집 안에 들어가 시신이 안치된 곳에 이르는 과정과 일치한다는 것. 그런데 악마는 이야기의 길을 따라가다가 문머리에 끊임없이 이마를 부딪히고 무엇보다 그들(악마)은 모퉁이를 돌 수 없기 때문에 그만 이야기의 미로에 갇혀 버린다는 것이다.

언뜻 섣달그믐 날 문 옆에 체를 걸어 두었다는 우리의 풍습을 떠올리게 한다. 숫자도 제대로 못 세는 귀신이 체의 구멍을 세느라 밤을 꼬박 새우고는 날이 밝으면 맥없이 돌아간다는 그 얘기.

문머리에 끊임없이 이마를 부딪힌 발리의 귀신은 하나같이 이마가 벌게져서 돌아갔을 테고, 체의 구멍을 세고 또 세느라 밤을 꼬박 새운 우리의 귀신은 눈이 벌게져서 돌아갔겠다.

물론 빈손으로 돌아간 귀신이나 유령과 달리 이야기는 저 소설들처럼 귀신과 유령을 얻었지만 말이다.

●비빔국수

나는 인생의 가장 내밀한 진실을
비빔국수를 통해 배웠다.

정세랑, 『이만큼 가까이』, 창비, 2014.

비빔국수를 통해 배울 수 있는 인생의 내밀한 진실이라.

그게 과연 뭘까?

글쎄, 결국엔 다 거기서 거기라는 거?

비빔국수야말로 다 거기서 거기니까.

맛도 특별할 게 없고, 들어가는 재료도 특별할 게 없는 데다, 종류도 따로 없어 그저 비빔국수이니까.

흰쌀밥에 잡곡밥, 콩밥, 콩나물밥, 가지밥 등등 외려 밥이 더 종류도 많고 맛도 다양하지 않은가. 같은 국수라도 뜨끈한 국물 맛을 내는 국수라면 잔치국수, 가락국수, 칼국수처럼 가짓수를 제법 늘어놓을 수 있지만 비빔국수는 그저 비빔국수일 뿐.

다만 단맛을 높이거나 신맛을 더하거나 매운맛을 강하게 하면서 차이를 내는 게 고작이다. 그래 봐야 거기서 거기지만.

거기서 거기인 비빔국수.

거기서 거기인 삶.

● 돈

꿀벌 이야기에서 꿀이 빠질 수
없는 것처럼 사람 이야기에선 돈이
빠질 수 없는 노릇이다.

커트 보네거트, 김한영 옮김, 『신의 축복이
있기를, 로즈워터씨』, 문학동네, 2010.

팔 수 있는 물건들은 모두 팔아 치웠다.

천명관, 『고령화 가족』, 문학동네, 2010.

미국의 소설가 폴 오스터는 돈이 없어 겪는 궁핍 중 가장 처참한 것은 "하루 종일 돈 생각을 떨쳐 버릴 수 없는 것"이라고 썼다. 그렇다. 가난, 곧 돈이 없어 겪는 궁핍의 본질은 몸과 마음 모두 돈에 얽매인다는 것이다. 필요한 재화와 용역을 구입하지 못하는 건 그저 궁핍 때문에 겪는 불편함에 불과할지 모른다. 그깟 불편쯤이야 아무렇지 않다면서 가난을 자청하는 사람들도 있다지만, 글쎄 내 눈엔 그들이 가난하기는커녕 누구보다 넉넉한 사람들로 보일 뿐이다. 정말 가난한 사람은 돈 몇 푼 때문에 하루에도 몇 번씩 치사해지는 경험을 반복하는 사람이며, 그 트라우마 때문에 자기를 위해서는 함부로 돈을 쓰지도 못하는 사람이니까. 머릿속에서 늘 빠듯한 생활비를 이리저리 계산해야 하는 사람, 돈이 없을 때는 물론 여윳돈이 생겼을 때도 즐겁기보다 머릿속이 더 복잡해지기만 하는 사람, 이런 사람들이 가난한 사람이다. 돈에 얽매여 자유를 잃은 사람. 그러니 자신이 가난하다고 쉽게 드러내 말할 수 있는 사람은 어쩌면 가난 속에서 헤매는 사람이 아닌지도 모른다. 적어도 가난 때문에 오그라들 대로 오그라든 것은 아니니까.

작가는 스스로를 돈을 받지 않고 개인적으로
식사를 대접하는 사람이 아니라, 돈만
내면 모두 환영하는 대중식당을 운영하는
사람으로 간주해야 하오.

헨리 필딩, 김일영 옮김, 『업둥이 톰 존스 이야기』,
문학과지성사, 2012.

안녕하세요, 서점에서 뒤적거리며
서 계시는 독자 여러분!

요나스 하센 케미리, 홍재웅 옮김, 『몬테코어』,
민음사, 2012.

작가와 독자를 어떻게 규정하든 늘 그 규정으로 붙들 수 없는 예외적인 작가가 나오는가 하면 예외적인 독자도 나오기 마련이다.

가령 지금 나처럼, 하필이면 소설의 첫 문장만 늘어놓고 문장이 어떠니 소설이 어떠니 또는 삶이 어떠니 하고 떠드는 독자도 있으니 말이다. 자신이 쓴 소설의 첫 문장에만 관심을 갖는 독자를 과연 작가들은 어떻게 생각할까. 어처구니없어하지 않을까.

하긴 생각해 보면 못할 짓이다. 힘들여 쓴 남의 소설을 첫 문장만으로 이러니저러니 평가하고 규정한다는 게 말이다. 그러니 어쩐다. 이미 시작한 짓을 맥없이 그만둘 수도 없고……

별일 아니려니 했다.

파트릭 모디아노, 권수연 옮김, 『네가 길을
잃어버리지 않게』, 문학동네, 2016.

'별일 없죠?'

습관처럼 묻는다. 문자를 할 때도 그리하고 통화를 할 때도 그리한다. 단 한 번도 어떤 일이 별일인지 깊이 생각해 본 적 없으면서, 늘 그리 묻는다. 상대도 별일이라니 뭘 말하는 건가요 하고 되묻지 않는다. 신기하다. 한편으로는 우습기도 하고.

가만히 생각해 본다. 별일은 뭘 말하는 걸까. 사전적으로는 "드물고 이상한 일"이나 "특별히 다른 일"을 별일이라고 한다니 일상적으로 벌어지는 일들은 별일에 속하지 않으리라. 하지만 기준을 어디에 두느냐에 따라 "드물고 이상한 일"이나 "특별히 다른 일"은 천차만별일 테고, 일상에서 부딪히는 일 또한 얼마든지 드물고 이상하며 특별할 일이 될 수 있지 않을까.

가령 일상을 반복하며 제아무리 시간을 보내도 사는 일이 늘 낯설기만 하다면 일상 자체가 별일투성이리라. 밥을 해 먹는 일도 별일이고 일을 하는 것도 별일이며 사람을 만나는 것도 별일이고……. 그뿐인가. 책을 읽는 것도 별일이고 거리를 걷는 것도 별일이며 누군가에게 전화를 걸거나 받는 것도 별일인 셈. 이 정도면 별일이 아닌 일을 찾는 게 더 쉽겠다.

이렇게 특별하거나 이상한 일로만 이루어진 일상을 보내는 자. 하여 특별하거나 아니면 이상한 하루를 보내는 자. 그자가 묻는다.

'별일 없죠?'

2장 다시 쓰는 첫 문장

지금 글을 쓰기 시작하지 않는다면
나는 미쳐 버리고 말 것이다.

유르겐 도미안, 홍성광 옮김, 『태양이 사라지던
날』, 시공사, 2010.

감옥. 그것도 독방 한구석에 펜도 아니고 무언가 날카로운 쇠
붙이로 쓴 듯한 문장이 적혀 있다.

"나 여기 있다."

자신이 그 독방에 갇혀 있다는 걸 모를 리 없고 더군다나 홀
로 갇혀 있으니 무리 속에서 자신을 잃을 까닭도 없을진대, 굳이
'나 여기 있다'라고 쓰는 이유는 무엇일까. 쓰지 않으면 미쳐 버
리고 말 것 같아서일까. 나를 객관적인 상관물로 옮겨 놓고 다
시 한 번 확인하고 싶어서? 그러지 않으면 도무지 살아 있다고
믿을 수 없어서일까.

하긴 단지 살아 있는 것만으로는 존재한다고 말할 수 없고,
단지 존재하는 것만으로도 살아 있다고 느낄 수 없는 때가 있으
니까.

내가 마지막으로 사람을 죽인 것은
벌써 25년 전, 아니 26년 전인가,
하여튼 그쯤의 일이다.

김영하, 『살인자의 기억법』, 문학동네, 2013.

이것은, 아마도 살인에 관한
긴 보고서가 될 것이다.

박범신, 『나의 손은 말굽으로 변하고』,
문예중앙, 2011.

한쪽은 가볍고 한쪽은 무겁다. 한쪽은 장난스럽고 한쪽은 비감하다. 문장이 아니라 태도가 그렇다. 문장은 둘 다 특별할 것 없고 차이도 크지 않다. 다만 살인을 대하는 태도가 사뭇 다르다.

한쪽은 살인을 여행이나 섹스처럼 다루었고, 다른 한쪽은 숙원 사업처럼 다루었다. 한쪽은 '내가 마지막으로 ~을 한 것은'이라는 영어에서 가져온 듯한 표현에 "사람을 죽인 것은"을 들앉혀 읽기가 영 불편하다. 그런가 하면 다른 한쪽은 "긴 보고서가 될 것이다"에 "살인에 관한"을 붙여 마찬가지로 읽기에 편치만은 않다.

다만 한쪽은 "벌써 25년 전, 아니 26년 전인가"를, 다른 한쪽은 "아마도"를 넣어서, 말하자면 굳이 문장의 초점을 흐릿하게 만들어서, 불편함을 누그러뜨렸다. 베테랑의 문장답다. 아니 베테랑의 태도답다고 해야 하려나.

나는 다시 상주가 되었다.

이서정, 『인형의 집으로 오세요』, 파란미디어,
2013.

이보다 더 강렬한 '다시'가 또 있을까. 상주가 되는 일도 얼마든지 되풀이될 수 있다는 생각을 안 해 본 건 아니지만, 이처럼 '다시'가 붙은 문장으로 확인하니 당혹스럽다.

대개는 '나는 상주가 되었다. 이번이 벌써 두 번째다'라고 쓸 텐데 굳이 '나는 다시~'로 시작하는 문장을 만든 걸 보면, 이 문장의 주인공은 '상주'가 아니라 '다시'인 모양이다.

'다시' 상주가 되고, '다시' 슬퍼하고, '다시' 살아 내고, '다시' '다시'라고 쓰고…….

하긴 '다시'야말로 우리네 삶을 고스란히 드러내는 부사인지도 모른다. 우리는 모두 '다시' 사는 사람들이니까. 그럼에도 불구하고 '다시' 사는 사람들.

긴 문장.

배수아, 『독학자』, 열림원, 2004.

형용사의 관형형과 명사의 조합. 문장이랄 수 없다. 하지만 분명 '문장'이라고 적혀 있다. 그것도 '긴 문장'이라고. 다음 문장이 궁금하다.

"그것을 나는 맨 처음 토마스 만의 『베니스의 죽음』에서 발견했다".

요령부득이다. 토마스 만의 소설 『베니스의 죽음』에서 아주 긴 문장을 발견했다는 것인지, 아니면 '긴 문장'이라는, 도무지 문장이랄 수 없는 바로 그 문장을 발견했다는 것인지.

그러고 보니 이 첫 문장, 정말 긴 문장이군.

● 섬 1—균형점

새 원장이 부임해 온 날 밤, 섬에서는
두 사람의 탈출 사고가 있었다.

이청준, 『당신들의 천국』, 문학과지성사, 1986.

겉으로는 기우뚱해 보이지만 자세히 들여다보면 묘하게 균형이 맞는 문장이다.

기우뚱해 보이는 이유는 사람의 숫자가 다르고 그들의 행동에 부여한 명칭이 달라서다. 한 사람과 두 사람. 그리고 부임과 탈출. 한 사람이 새로 들어오는 것은 부임이고 두 사람이 나가는 것은 탈출이다. 게다가 사고.

절묘한 균형점은 섬이다. 고립된 곳. 새 원장이 부임해 온 날 두 사람이 탈출했다. 고립된 섬이니 이 불균형은 섬 전체에 영향을 끼칠 것이다. 무언가 틀어졌고 그 때문에 섬은 조금씩 꿈틀댈 것이다. 불균형은 당연히 균형을 찾는 방향으로 움직일 테고, 그때 균형점은 이 문장과 마찬가지로 섬이 맡게 되리라.

●섬 2—꽃

버려진 섬마다 꽃이 피었다.

김훈, 『칼의 노래』, 생각의나무, 2001.

김훈의 소설 『칼의 노래』가 출간되고 얼마 안 되었을 무렵. 하루는 시내에 나갔다가 밤늦은 시각에 버스를 탄 적이 있다. 버스 안에는 승객이 많지 않았다. 더러는 멀거니 차창 밖을 내다보고 더러는 앉은 채로 꾸벅꾸벅 졸았다. 나는 하차 문 바로 뒷자리에 앉아 있었다.

신촌에서였던가. 대학생으로 보이는 젊은 여성 둘이 버스에 오르더니 맨 뒷좌석에 가 앉았다. 몇 분쯤 흘렀을까. 뒤쪽에서 조곤조곤 글 읽는 소리가 들려왔다. 그냥 읽는 게 아니라 마치 시를 암송하듯 감정을 담아 낭송하는 소리였다. 여학생 둘이 한 문장씩 돌아가며 읽고 있었다. 시집을 읽는구나 했더랬다.

버스에서 내리면서 슬쩍 뒷좌석을 보니 여학생들 손에 들린 책은 시집이 아니라 『칼의 노래』였다. 내가 시의 한 구절이려니 여겼던 문장이 바로 소설의 첫 문장, "버려진 섬마다 꽃이 피었다"였다.

오늘, 이 섬에서 기적이 일어났다.

아돌포 비오이 카사레스, 송병선 옮김,
『모렐의 발명』, 민음사, 2008.

섬의 축제나 행사를 홍보하는 문구 같다. 물이 빠지면서 바다에 길이 생겨 섬과 뭍이 이어지는 자연 현상 같은 걸 기적이라고 과장할 수도 있으니까.

그런데 좀 이상하다. 자연에 이미 존재하는 것들이 모습을 바꾸거나 자리를 옮기는 것을 기적이라고 부르는 게 과연 옳을까? 가령 바다에 길이 생기거나 불치병을 고치거나 하는 것 말이다. 그보다는 자연에서는 찾아볼 수 없는 현상이 도무지 예상할 수 없는 방식으로 드러날 때 비로소 기적이라고 할 만하지 않을까. 아니 어쩌면, 진짜 기적은 우리 눈으로는 볼 수 없는 것이어야 하지 않을까.

그런 의미에서, 이 소설의 첫 문장에서 말하는 기적은, 어쩐지 진짜 기적일 것만 같다.

그들은 벌로 내게 글짓기를 시켰다.

지그프리트 렌츠, 정서웅 옮김, 『독일어 시간』,
민음사, 2000.

예전엔 글쓰기보다 글짓기라고 부를 때가 더 많았다. 글쓰기는 그냥 '쓰기'라고 부르든가 아니면 '받아쓰기'라고 했고. 나만의 이야기를 하나하나 문장에 담는 건 쓰는 게 아니라 짓는 거라고 가렸던 모양이다.

하지만 내겐 둘 다 고역이었다는 점에서 차이랄 게 없었다. 맥없이 받아쓰는 일도 그랬고 뭔가를 자꾸 지어 쓰라는 요구도 그랬다. 일기도 그중 하나고 가족 이야기며 꿈이나 소원 같은 걸 쓰라는 요구도 마찬가지였다. 몽상을 즐기는 꼬마에겐 모두 벌이었다. 왜냐하면 글을 지어 쓰라는 요구는 바로 그 몽상에 질서를 부여하라는 요구나 다름없었기 때문이다. 몽상을 죽여 없애라는 요구. 아니면 적어도 몽상이 비누 거품 같은 것임을 인정하라는 요구.

나중에 군대에 가서 그런 식의 글짓기가 실제로 벌이 된다는 걸 알았다. 태어나서 군에 오기 직전까지 살아온 내용을 시간 순서에 따라 적으라는 게 저들의 한결같은 요구였다. 그것도 한 번이 아니라 수시로 적어야 했다. 이해할 수 없었다. 내 삶을 속속들이 알고 싶다면 기억하기 쉬운 가까운 과거부터 쓰라고 해야 할 텐데 저들은 꼭 어린 시절부터 시간 순서대로 적으라고 요구했다. 저들이 원하는 게 결국 얼차려로서의 글짓기였으며 질서의 구현이었다는 걸 깨달은 건 나중 일이었다.

● 완벽한

"완벽한 문장 같은 건 존재하지 않아.
완벽한 절망이 존재하지 않는 것처럼……"

무라카미 하루키, 윤성원 옮김, 『바람의 노래를 들어라』,
문학사상사, 2003.

형용사 '완벽하다'와 '순수하다'가 수식하는 것들은 모두 실재하지 않는다. 그러니 완벽한 문장이나 완벽한 절망은 물론 완벽한 삶이며 완벽한 죽음, 완벽한 행복, 완벽한 불행, 완벽한 거짓말, 완벽한 사랑, 완벽한 논리 또한 존재하지 않는다. 아니 완벽조차 완벽하지 않은데(그러니 완벽한 완벽도 존재하지 않는 셈이다) 다른 것이야 말해 무엇하랴. 같은 의미에서 순수한 사랑이며 순수한 마음, 순수한 몸, 순수한 의도 따위도 허상에 불과하다. 순수조차 순수하지 않은데 다른 걸 말해서 뭐하랴.

  가끔은 '완벽하다'나 '순수하다' 같은 형용사가 언어의 마개 역할을 하는 건 아닌가 싶을 때가 있다. 언어라는 수조 밖으로 의미들이 새 나가지 않도록 언어 스스로 만든 마개. 가장 극단에 존재해야 하니 의미도 극단적이어야 하고 사용도 극단적이어야 하지만, 의미에서나 사용에서나 형식만 가질 뿐 내용은 갖지 않는 마개. 그러니 '완벽한'이나 '순수한'이라고 쓸 때 우리가 경험하는 건 단지 의미의 극단까지 밀려갔다 되돌아오는 것뿐이다. 아무 의미 없이……

● 으레

그러니까 금요일 밤 시간대의
전철이란 으레 그렇다.

구병모, 『파과』, 자음과모음, 2013.

이 문장은 "금요일 밤"을 위한 문장도 "전철"을 위한 문장도 아니다. 이 문장은 단지 두 개의 부사와 한 개의 형용사, 곧 "그러니까"와 "으레" 그리고 "그렇다"를 위한 문장일 뿐이다.

"그러니까…… 으레 그렇다."

소설의 첫 문장이 아니었다면 이들 부사와 형용사는 과한 장식 같았으리라. 소설의 첫 문장이 아니었다면 당연히 '금요일 밤 시간에 전철을 타본 적이 있다'거나 '금요일 밤에 전철을 타는 일은 항상 이러저러하다'라고 썼을 테니까.

하지만 "금요일 밤 시간대의 전철" 앞뒤에 "그러니까"와 "으레", "그렇다"를 배치하는 순간 이 문장은 소설의 첫 문장이 되었고, 당연히 뒤에 이어지는 문장들을 통해 우리가 알게 되는 것은 "금요일 밤 시간대의 전철"이 아니라, 두 개의 부사와 한 개의 형용사를 덧붙임으로써 스스로를 드러냈지만, 아직은 정체를 알 수 없는 서술자가 들려주는 심상치 않은 이야기이다. 요컨대 금요일 밤 시간에 긴장을 풀고 들을 만한 이야기 말이다.

●병들다

나는 오랫동안 병을 앓았다.

폴 오스터, 황보석 옮김, 『신탁의 밤』,
열린책들, 2004.

나는 병든 인간이다…….

표도르 미하일로비치 도스또예프스끼,
계동준 옮김, 『지하로부터의 수기』,
열린책들, 2010.

두 문장 모두 병을 거론하고 있지만 어감은 사뭇 다르다. "나는 오랫동안 병을 앓았다"는 스스로 환자임을 드러내는 고백이지만, "나는 병든 인간이다"는 자신이 '사회 부적응자' 또는 '정상이 아닌 인간'이라는 선언이니까.

"나는 오랫동안 병을 앓았다"에는 무엇보다 시간을 나타내는 명사 '오랫동안'이 들어 있다. 따라서 그 뒤에 딸린 "병"이 구체적인 이름을 갖는 데다 치료법까지 갖춘 질병이 된다. 반면 "나는 병든 인간이다"는 '병들다'라는 동사의 관형형 '병든'에 '인간'이라는 명사가 딸려 있다. 하여 이 문장을 통해 드러나는 건 구체적인 병명이나 치료 방법에는 관심이 없고 다만 자신이 뭔가 남다른 존재라는 걸 알리고 싶은 서술자뿐이다.

그러니 "나는 오랫동안 병을 앓았다"라는 문장으로 시작하는 소설이 병 때문에 입원했다가 치료를 받고 퇴원한 이야기로 이어지고, "나는 병든 인간이다"라는 문장으로 시작하는 소설이 자신의 병명도 모르고 치료를 받아 본 적도 없지만 어쨌든 자신은 병든 인간이 분명하다는 진술로 이어지는 건 어찌 보면 당연하겠다.

눈이 내리던 날이었다.

요 네스뵈, 노진선 옮김, 『스노우맨』, 비채, 2012.

눈을 맞으며 그녀는 서 있었다.

박민규, 『죽은 왕녀를 위한 파반느』, 예담, 2009.

"눈이 내리던 날이었다"는 '눈이 내리는 날이었다'라고 써야 어색하지 않다. 한 문장에 과거형을 두 번이나 쓸 필요는 없으니까. 제목인 '스노우맨'도 외래어표기법에 따라 쓰자면 '스노맨'이 돼야 맞는다. '죽은 왕녀를 위한 파반느'에서 '파반느'도 '파반'이라고 써야 맞고('윈도우'라고 쓰지 않고 '윈도'라고 쓰고, '세느 강'이라고 쓰지 않고 '센 강'이라고 쓰는 것처럼).

아무려나 눈이 내리는 날 눈을 맞으며 서 있는 건 눈사람이다. 영어로는 스노맨snowman. 우리말로는 그냥 눈사람이라고 하니, 쓰거나 말하면서 성별을 신경 쓴 적이 한 번도 없는데, 영어로 써 놓고 보니 남자였던가 싶어 민망하다. 내리는 눈을 하염없이 맞고 서 있는 남자 눈사람?

"눈을 맞으며 그녀는 서 있었다"라는 문장이 어느 정도 균형을 맞춰 주었다. 스노우먼snowwoman이랄까. 소설에서도 '그녀'는 당당히 한 사람으로 사랑받고 사랑하니 스노우먼 자격이 충분하지 싶다.

국경의 긴 터널을 빠져나오자,
눈의 고장이었다.

가와바타 야스나리, 유숙자 옮김, 『설국』,
민음사, 2002.

폭설이 내리는 날이었다.

서하진, 『나나』, 현대문학, 2011.

설국雪國. 눈의 나라. 어울린다. 비의 나라, 우국雨國은 어색하기 그지없는데. 혹시 눈에 익고 귀에 익고 마음에도 이미 익어버려서 그런 걸까? 글쎄, 눈은 내려 쌓이는 반면 비는 흔적도 없이 사라져 버리니 눈의 나라나 눈의 고장과 달리 비의 나라나 비의 고장이라고 부르기가 어색한 건 아닐는지.

그렇더라도 나라와 고장은 규모도 다르고 의미도 다르다. 그러니 나라의 경계를 뜻하는 '국경'과 마을을 뜻하는 '고장'이 한 문장에 들어 있으면 어쩐지 균형이 맞지 않아 보인다. 실제로 문예출판사 판(장경룡 옮김)은 "현縣 접경의 긴 터널을 빠져나오자 눈雪 고장이었다"라고 옮겼다.

원문에 쓰인 나라 국國 자가 문제인 모양이다. 한쪽은 '국경'에 쓰인 나라 국 자만 그대로 살려 쓴 반면 나머지 한쪽은 모두 바꾸어 썼다. 하지만 어느 쪽도 제목에 쓰인 나라 국 자를 바꾸지는 않았다.

설국雪國. 이걸 '눈의 고장'으로 바꾸는 건 아무래도 모험일 테니까. 글쎄, '눈의 나라' 정도라면 괜찮을까? 아니다. 아무래도 이상하다. 그건 '폭설'暴雪을 '큰 눈'으로 바꾸는 것만큼이나 어색해 보인다. 가령 "폭설이 내리는 날이었다"를 '큰 눈이 내리는 날이었다'로 바꿔 쓰면 서하진의 『나나』는 전혀 다른 소설이 될 것 같으니 말이다.

●쯧

그 여자 이야기를 쓰려 한다.

신경숙, 『깊은 슬픔』, 문학동네, 1994.

쯧, 나는 그 여자를 알고 있다.

토니 모리슨, 김선형 옮김, 『재즈』, 들녘, 2001.

두 소설의 첫 문장을 한데 모아 놓으니 묘하다. 둘 다 '그 여자'를 언급하는데, 한쪽은 이야기를 쓰겠다고 하고 다른 쪽은 알고 있다고 말한다. 한쪽은 앞으로 읽게 될 그 여자에 관한 글을 쓴 사람이 바로 자신임을 드러낸 반면, 다른 쪽은 그저 그 여자에 대해 이런저런 사실을 알고 있을 뿐이라고 말하는 데 그쳤다.

하지만 두 문장의 가장 큰 차이는 엉뚱한 데서 빚어졌다. 바로 둘째 문장 앞에 붙은 "쯧."

혀 차는 소리로 시작하는 소설이라니…….

'나는 그 여자를 알고 있다'라고 쓰면 될 것을 굳이 "쯧"을 붙인 데는 이유가 있었으리라. 실제로 "쯧"의 효과 때문인지 이 소설이 "그 여자 이야기를 쓰려 한다"로 시작하는 소설과는 전혀 다른 소설일 것 같다는 인상을 준다. 뭐랄까 "그 여자 이야기를 쓰려 한다"라는 첫 문장이 말 그대로 쓰는 자인 서술자를 연상시킨다면, "쯧, 나는 그 여자를 알고 있다"라는 문장은 말을 하는 화자를 연상시킨달까.

그래서일까. 어쩐지 저 "쯧"은 꼭 소리를 내서 읽게 될 것 같다.

"쯧."

죽은 다음 모든 게 고요해지면 내 삶과
말, 행동, 그리고 내가 취했던 태도와
그 시답잖던 사랑의 의미까지 처음부터
생각해 볼 것이다.

옌롄커, 문현선 옮김, 『물처럼 단단하게』, 자음과모음,
2013.

죽기 직전도 아니고 죽은 다음이라니. 고요하긴 하겠다. 하긴 알 수 없지. 단단한 얼음 속처럼 고요할지 아니면 이제 막 깨져 나가기 시작하는 얼음 표면처럼 시끄럽고 부산스러울지.

저 첫 문장이 묘하게 읽히는 건 "죽은 다음"이나 "모든 게 고요해지면" 또는 "생각해 볼 것이다" 같은 표현 때문만은 아니다. "처음부터"가 빠졌다면 아마도 나머지 표현은 의미를 잃었을지 모른다. 그러니까 죽은 다음 모든 게 고요해지면 내 삶을 처음부터 다시 복기해 보겠다는 것이니, 자연스레 문장 안에 삶의 처음과 끝이 대구를 이루며 놓인 셈이다. 그리고 보면 한 문장에 삶과 죽음을 같이 담는 방법도 참으로 다양하다.

그건 그렇고, 생각 말인데…… 잘될까? 아니 잘되고 못되고 가 문제가 아니라, 살면서 지겹게 반복하느라 단 한 번도 벗어나 보지 못한 그놈의 생각을 왜 굳이 죽어서까지 하려는 건지. 죽으면 돌이나 얼음 같은 게 되고 싶은 나로서는 정말이지 알다 가도 모를 일이다.

●숲

숲에서 그림자를 보았다.

황정은, 『백의 그림자』, 민음사, 2010.

남자는 깜깜한 숲에서 잠을 깼다.

코맥 매카시, 정영목 옮김, 『로드』, 문학동네,
2008.

뻔뻔스러운 여자의 쌓이고 쌓인
한이 이 울창한 숲에 그득하다.

마루야마 겐지, 김난주 옮김, 『천년 동안에』,
문학동네, 1999.

숲만큼 문학적인 낱말이 또 있을까. 그냥 숲이라고만 써 놓아도 이야기가 저절로 이어질 것만 같다. 무언가 원초적이면서도 음험하고, 따듯하면서도 서늘하고, 조용하면서도 요란하기 그지없고, 삶과 죽음이 동시에 존재할 것 같은 그런 이야기……

그래서인지 숲이 들어간 말 중에 가장 이상하면서도 그럴듯한 말이 내겐 '빌딩 숲'이다. 서로를 추문醜聞으로 만드는 것을 하나로 묶었다는 점에서 이상하지만, 그 이상함이 더 많은 이야기를 들려줄 것만 같다는 점에서는 그럴듯하달까. 적어도 내겐 그렇다. 숲을 갈아엎고 들어선 빌딩이 다시 숲을 이루었다는 말이니 숲 입장에서 생각해 보면 참으로 잔인한 말이 되겠지만.

아무려나 뒤틀어진 이야기를 하나 가득 담고 있을 것 같은 빌딩이 숲을 이루었으니, 말만 놓고 보면 이야기의 숲이 따로 없는 셈이다.

그렇다면 저 첫 문장들에 등장하는 '숲' 앞에 '빌딩'을 붙여 보면 어떨까. 음, 그냥 문득 떠오른 생각이었는데, 막상 붙여 보니 말이 된다. 서늘하다. 정체 모를 숲에 들어온 것처럼.

● 생략

전략.

미야모토 테루, 송태욱 옮김, 『금수』錦繡,
바다출판사, 2016.

복잡한 절차는 생략하고 바로
핵심으로 들어가겠다.

로맹 가리, 이주희 옮김, 『그로칼랭』,
문학동네, 2010.

앞의 "전략"은 전략戰略이 아니고 전략前略이다. 편지글 따위에서 앞부분을 생략했다는 뜻으로 쓰는.

소설의 첫 문장에 "전략"前略이 등장하는 게 흥미롭다. 소설 전체가 편지에 해당하니 그렇게 이상할 건 없겠다고 생각하다가도 왠지 고개를 갸웃하게 된다. 왜 굳이?

뭘 생략하고 싶었던 걸까? 아니, 뭘 생략한 것처럼 보이고 싶었던 걸까? 편지를 쓴 소설 속 인물이 아니라 소설을 쓴 작가 말이다. 그러고 보니 이 전략, 전략戰略이기도 하다. "복잡한 절차는 생략하고 바로 핵심으로 들어가겠다"라고 말하는 것과 같은 전략戰略. 그냥 시작하면 될 걸 굳이 이렇게 말한 데는 이유가 있었을 테니까.

재미있다. 전략前略, 생략省略 그리고 전략戰略.

● 크레파스

바다는, 크레파스보다 진한,
푸르고 육중한 비늘을 무겁게
뒤채면서, 숨을 쉰다.

최인훈, 『광장』, 문학과지성사, 1994(3판)

처음 이 문장을 읽었을 때, 크레파스라는 단어가 왜 들어갔는지 도무지 이해가 되지 않았다. 한국 소설의 첫 문장 가운데 다섯 손가락에 꼽을 만큼 유명한 문장을 가지고 시비를 걸 생각은 없었지만, 그래도 내겐 미스터리였다.

게다가 이 문장에서 문제가 되는 건 단지 크레파스만이 아니었다. 모두 세 개의 쉼표가 전체 문장을 네 부분으로 나누고 있는데, 각각의 성분이 서로 호응하지 않는다. 예컨대 "바다는"과 "크레파스보다 진한" 그리고 "푸르고 육중한 비늘을 무겁게 뒤채면서"와 "숨을 쉰다"를 따로따로 늘어놓고 보면, 마치 각자 다른 문장에서 뽑혀 오기라도 한 듯 서로를 철저히 외면하는 형국이다. 그렇잖은가. 바다와 크레파스도 연관이 없지만 육중한 비늘 또한 크레파스와 관련이 없는 데다 마지막의 "숨을 쉰다"도 앞의 어떤 부분과도 어울리지 않으니까.

그런데 몇 번을 읽다 보니, 전혀 어울리지 않아 보이는 이것들이, 쉼표를 통해, 묘하게 스며드는 것처럼 보이기 시작했다.

가령 '바다는 숨을 쉰다, 크레파스보다 진한 숨을 쉰다, 푸르고 육중한 비늘을 뒤채면서 숨을 쉰다'로 연결되기도 하지만, '바다는 크레파스보다 진하다, 바다는 푸르고 육중한 비늘을 뒤챈다, 바다는 숨을 쉰다'로도 연결되기도 하고, '바다, 푸르다, 크레파스, 진하다, 비늘, 숨'으로 이어지기도 한다.

그러고 보니 각자 따로 놀면서도 쉼표를 통해 묘하게 이어지기도 하는 이 이상한 문장이야말로 『광장』이라는 소설의 첫 문장으로 적격이다 싶다.

아무려나 이 절묘한 문장을 만든 일등 공신은 누가 뭐래도 쉼표와 크레파스가 아닐까.

●그때

그때였다.

이석원, 『실내인간』, 달, 2013.

그때가 내 인생에서 가장 행복한
순간이었다는 것을 몰랐다.

오르한 파묵, 이난아 옮김, 『순수박물관』,
민음사, 2010.

서른일곱 살이던 그때,
나는 보잉 747기 좌석에
앉아 있었다.

무라카미 하루키, 유유정 옮김, 『상실의 시대』,
문학사상사, 1994(개정판).

그때가 들어간 문장을 쓰라고 하면 '그때였다'나 '그때가 내 인생에서 가장 행복한 순간이었다는 것을 몰랐다' 정도를 쓰게 되지 않을까. 아니면 '그때 나는 차 안에 있었다'나 '그때 나는 열일곱 살이었다' 같은 문장을 쓰거나.

그런데 하루키의 문장은 특이하다. "서른일곱 살이던 그때, 나는 보잉 747기 좌석에 앉아 있었다." 마치 서른일곱 살이라는 시간 전체를 보잉 747기 안이라는 공간으로 단번에 욱여넣은 것만 같은 문장이다.

실제로 하루키의 소설을 읽다 보면 이런 식의 문장과 자주 맞닥뜨리게 된다. 가령 "여름 내내 나와 쥐는 마치 무엇에라도 홀린 듯 25미터 풀장을 가득 메울 만큼의 맥주를 마셔 치웠고, 제이스 바의 바닥을 5센티미터 두께로 온통 메울 만큼 땅콩 껍질을 뿌렸다"(『바람의 노래를 들어라』)처럼. 굳이 구체적으로 묘사할 필요가 없는 부분에 극단적인 구체성을 부여함으로써 풍경까지도 캐릭터를 갖는 인물처럼 만드는 문장 말이다.

그래서일까. 저 세 문장 가운데 하루키의 문장에 쓰인 '그때'만 무슨 인물이나 풍경처럼 느껴진다.

나는 살아 있다.

최지월, 『상실의 시간들』, 한겨레출판, 2014.

나는 지금 우물 바닥에
시체로 누워 있다.

오르한 파묵, 『내 이름은 빨강』, 이난아 옮김,
민음사, 2004.

자기가 지금 시체로 누워 있다고 쓸 수 있는 서술자는 누구일까. 살아 있는 사람은 아니겠지. 그렇다면 거꾸로 "나는 살아 있다"고 쓸 만한 서술자는 누구일까. 최소한 죽은 사람은 아니리라.

　그러고 보니 두 문장 다, 이런 문장을 쓴 자는 과연 누구일까 하는 의문을 불러일으키는 문장들이다. 게다가 가만히 들여다보면 둘 다 서로의 문장을 한처럼 품고 있다. "나는 살아 있다"는 문장은 죽음을 의식하지 않고는 쓸 수 없는 문장이고, "나는 지금 우물 바닥에 시체로 누워 있다"는 문장은 살아 숨 쉬던 기억이 없다면 쓸 수 없는 문장이니까.

　어쩌면 저 두 문장은, '나는 살아 있다. 비록 우물 바닥에 시체로 누워 있는 신세지만 그래도 살아 있다. 아니, 이렇게 죽어 누워 있으니 내가 살았던 그 생생한 느낌을 비로소 알 것만 같다'는 문장은 아닐는지.

우리가 하고자 하는 한스 카스토르프의 이야기는
그를 위한 것이 아니라(그가 눈길을 끄는
젊은이이기는 하지만 평범한 젊은이란 사실을
독자들이 알게 될 것이기 때문이다), 대단히
들려줄 만한 가치가 있어 보이는 이야기 그 자체를
위한 것이다(그렇지만 이 이야기가 그의 이야기이며,
누구에게나 그런 일이 일어나지 않는다는 사실을
그를 위해 마음에 새겨 두는 것이 필요하다).

토마스 만, 홍성광 옮김, 『마의 산』, 을유문화사, 2008.

굉장히 복잡한 문장 같지만 이런저런 부연 설명을 걷어 내면 '이 이야기는 이야기를 위한 이야기일 뿐이다'라는 뜻의 문장이 된다. 소설의 첫 문장으로 이보다 적절한 문장이 또 있을까. 게다가 토마스 만 소설의 첫 문장으로도 마침맞고.

토마스 만의 소설을 읽다 보면 지적 과시처럼 보이는 긴 논쟁이나 설명과 마주할 때가 많은데, 저 첫 문장처럼 그 길고 긴 '부연 설명'을 걷어 내면, 대개는 탁월한 재능을 가진 이야기꾼이 들려줄 법한 특출한 이야기와 맞닥뜨리게 된다. 게다가 그 특출한 이야기는 아주 놀라운 방식으로 짜여 있어, 가령 문체를 느끼면서 읽어야 한다는 플로베르의 소설을 번역문으로 읽을 때의 지루함 같은 것은 끼어들 여지가 없는, 아주 흥미진진한 이야기이기도 하다.

새뮤얼 스페이드의 턱은 길고
앙상한 V 모양의 주걱턱이다.

대실 해밋, 김우열 옮김, 『몰타의 매』, 황금가지,
2012.

원래 주걱턱은 브이 모양으로 뾰족한 턱이 아니라, 하관이 길고 넓게 발달한 턱을 말하는데, 왜 브이 모양이라고 썼을까. 그것도 굳이 알파벳 V로.

궁금증은 그다음 문장을 읽으면 바로 풀린다. 말하자면 브이를 쓸 수밖에 없는 이유랄까. 그것도 알파벳 V로!

"입은 그보다는 다소 부드러운 V 모양을 그렸다."

아무래도 새뮤얼 스페이드라는 인물의 얼굴에 브이 자가, 아니 V가 여러 개 들어 있는 모양이다. 그렇다면 그다음 문장에도 V가 나올까? 나온다.

"코는 콧구멍 부분에서 꺾이며 입보다 작은 V 모양의 곡선을 이루었다."

어느새 V가 세 개가 되었다. 그다음 문장은 "황회색의 두 눈은 평행선을 달렸다"여서 마침내 V의 행진이 여기서 그치는구나 싶었는데, 섣부른 판단이었다.

"V 모양이 다시 나타나는 곳은 매부리코 위 양미간에 잡힌 쌍둥이 주름에서 바깥쪽으로 뻗어 나간 숱 많은 눈썹이었다"라는 문장이 바로 이어지기 때문.

어디 그뿐인가. 그다음 문장에도 V는 빠지지 않는다.

"높고 평평한 관자놀이에서 시작해 이마 쪽으로 솟아오른 연갈색 머리도 마찬가지로 V 모양을 그렸다."

세상에! 그러니까 이 인물의 얼굴에는 모두 다섯 개의 V가 들어 있는 셈이다. 과연 서술자는 이런 인상을 어떻게 평가했을까? 궁금해하는 독자를 위해 바로 다음 문장이 이어진다.

"그는 금발의 사탄처럼 유쾌해 보였다."

지금보다 어리고 민감하던 시절
아버지가 충고를 한마디 했는데
아직도 그 말이 기억난다.

프랜시스 스콧 피츠제럴드, 김영하 옮김, 『위대한
개츠비』, 문학동네, 2009.

소설의 첫 문장으로 이만한 문장이 또 있을까. 적어도 내겐 그렇다. 말 그대로 현실과는 전혀 다른 소설의 세계 속으로 한 발 들어서게 만드는 문장이라는 의미에서. 그렇잖은가. 어리고 민감하던 사춘기 시절 아버지가 삶에 대해 충고를 해 주는 것이 야말로 소설 속에서나 볼 수 있는 장면이니까. 적어도 내겐……

아버지는 삶에 대한 충고는커녕 자전거를 타는 법이나 여자에게 매너를 지키는 법 같은 것도 가르쳐 주지 않았다. 아니 무엇보다 아버지가 나를 앞에 앉혀 놓고 진지한 이야기를 들려준 기억조차 없다. 오죽하면 내가 태어나기 전에 돌아가신 할아버지 할머니에 대해서도 친척들 모임에서 주워들은 말로 겨우 알게 되었을까.

그러니 이 소설의 첫 문장이 적어도 내겐 소설의 세계로 들어서는 입국장처럼 여겨질 수밖에.

정말 이 이야기를 듣고 싶다면, 아마도 가장
먼저 내가 어디에서 태어났는지, 끔찍했던 어린
시절이 어땠는지, 우리 부모님이 무슨 직업을
가지고 있는지, 내가 태어나기 전에 무슨
일들이 있었는지와 같은 데이비드 코퍼필드
식의 아무 짝에도 쓸모없는 이야기들에 대해서
알고 싶을 것이다.

제롬 데이비드 샐린저, 공경희 옮김, 『호밀밭의 파수꾼』,
민음사, 2001.

찰스 디킨스의 의문의 1패일까, 아니면『데이비드 코퍼필드』식의 이야기에 감자를 먹이려는 걸까? 아무 짝에도 쓸모없는 이야기라고?

그럴 리가. 쓸모로 따지면야『데이비드 코퍼필드』식의 이야기, 그러니까 끔찍한 어린 시절을 거쳐 혹독한 고난을 극복한 뒤에 비로소 내 부모가 누구였고 내 삶이 어땠는지에 대해 들려주는 이야기만 한 게 또 없을 테니까.

거꾸로 이 첫 문장은 지금부터 이어질 소설 속 이야기야말로 쓸모없는 이야기라는 자기 선언이 아닐는지. 그러니『데이비드 코퍼필드』같은 이야길랑은 기대하지 말라는 당부일 수도. 아니면 앞으로 전개될 소설이『데이비드 코퍼필드』식 소설이 되지 않기 위해, 말하자면 쓸모 있는 이야기가 되지 않도록 서술자인 내가 수시로 딴죽을 놓을 테니 각오하라는 경고일지도 모르고.

그렇게 많이 읽혔음에도 이 소설이 여전히 소수를 위한 비결秘訣처럼 여겨지는 이유를 이제야 알 것 같다. 쓸모와는 전혀 상관없는 삶을 사는 저 소수들을 위한 비결 말이다.

●별

별이 쓸리는 밤이었다.

황순원, 『카인의 후예』, 문학과지성사, 2006.

'별이 쓸리다.' 이제는 잘 안 쓰는 표현이다. 정지용의 시에선 가. "바람엔 별도 쓸리다"라는 시구를 읽은 적이 있다. 황순원의 『카인의 후예』의 첫 문장에도 쓸리는 별이 등장하는 걸 보면 예전엔 제법 흔한 표현이었던 모양이다.

요즘엔 하늘에 별이 많지도 않을뿐더러 그나마 그 성긴 별조차 구경할 일이 적으니 별이 쓸리든 닦이든 개의치 않는 게 당연하겠다. 고개를 들어 밤하늘을 올려다본 게 언제였던가 싶다. 아니 밤하늘을 올려다볼 일은 여전히 적지 않지만(그놈의 날씨를 확인하느라) 순전히 별을 보기 위해 고개를 드는 일은 극히 드물다. 심지어 하늘에 별이 있다는 사실조차 잊고 살 때도 많다.

하긴 땅 위를 쓸 일도 없으니 하늘에서 별이 쓸리는 상상을 하기가 어디 그리 쉽겠는가. 밤새 내린 눈을 쓸다 하늘을 올려다보았던 어느 겨울날의 새벽이 문득 떠오른다. 허리를 펴고 호흡을 고르기 위해 몸을 뒤로 젖혔다가 자연스레 밤하늘을 올려다보게 되었는데 거기 별들이 빛나고 있었다. 내가 땅 위의 눈을 쓸고 있는 동안 누군가 하늘에 비질을 했는지 별들이 여기저기 흩어져 반짝였다. 그렇게 한참을 올려다보고 있자니 별처럼 혹은 눈처럼 나 또한 땅과 하늘 사이 어디쯤으로 쓸려 가는 기분이 들었다. 나쁘지 않았다.

올겨울에도 눈이 오면 벙거지 눌러 쓰고 빗자루 들고 별 구경이나 하러 나가 봐야겠다. 서로가 서로를 쓸어 주는, 쓸고 쓸리는 밤을 위해.

나는 쥐를 보고 있다.

은희경, 『새의 선물』, 문학동네, 1996.

고래였다.

성석제, 『단 한 번의 연애』, 휴먼앤북스, 2012.

쥐와 고래가 등장하는 첫 문장이라. 재미있다. 내친김에 소설의 첫 문장 중 동물이 등장하는 문장이 또 있는지 찾아보았다. 있었다.

줄리언 반스의 『10½장으로 쓴 세계 역사』(신재실 옮김, 열린책들, 2014)의 첫 문장.

"그들은 코뿔소, 하마, 코끼리와 함께 비히머드를 선창에 실었습니다."

앙드레 말로의 『인간의 조건』(김붕구 옮김, 지만지, 2002)의 첫 문장.

"모기장을 쳐들어 볼까?"

후안 가브리엘 바스케스의 『추락하는 모든 것들의 소음』(조구호 옮김, 문학동네, 2016)의 첫 문장.

"하마들 가운데 첫 번째 것, 그러니까 검은 진주색에 몸무게가 1톤 반이나 나가는 수컷이 2009년 중순경에 죽었다."

프레드 바르가스의 『4의 비밀』(김남주 옮김, 민음사, 2009)의 첫 문장.

"뱀, 박쥐, 오소리 그리고 땅속 깊은 곳에 사는 온갖 동물들이 살던 곳을 버리고 떼를 지어 들판으로 쏟아져 나올 때, 과수와 밭작물이 썩고 구더기가 들끓기 시작할 때……"

●순간

내가 잉태되던 순간에, 아버지든 어머니든,
아니 사실상 이 일에는 두 분이 똑같이 책임이
있으니, 두 분 모두 그때 하시던 일에 제대로
마음을 쓰셨더라면 얼마나 좋았을까 싶다.

로렌스 스턴, 김정희 옮김,『신사 트리스트럼 샌디의 인생과 생각
이야기』, 을유문화사, 2012.

몇 년이 지나 총살을 당하게 된 순간,
아우렐리아노 부엔디아 대령은 오래전
어느 오후에 아버지를 따라 얼음을 찾아
나섰던 일이 생각났다.

가브리엘 가르시아 마르케스, 안정효 옮김,『백년 동안의
고독』, 문학사상사, 2010.

지구가 정지하고 영원함이 호흡을
멈추는 한순간.

빌 S. 밸린저, 이다혜 옮김,『기나긴 순간』,
북스피어, 2008.

첫 번째 문장은 잉태의 순간을, 두 번째 문장은 죽음의 순간을, 그리고 마지막 문장은 모든 것이 멈추는 순간을 담고 있다.

잉태와 죽음의 순간만큼 흔하게 반복되는 순간이 또 있을까. 세상에서 가장 흔한 순간이라 해도 과언이 아니리라.

하지만 그 두 순간에는 저 마지막 문장에 담긴 순간, 곧 "지구가 정지하고 영원함이 호흡을 멈추는 한순간"이 온전히 들어 있기도 하다. 누구의 잉태든 누구의 죽음이든 우주에서 단 한 번밖에 벌어지지 않기 때문.

그러니 따지고 보면 매번 무수히 반복되는 순간이 늘 "지구가 정지하고 영원함이 호흡을 멈추는 한순간"이 되는 셈이다. 이런 걸 흔하고 진부한 것이 갖는 힘이라고 해야 하려나.

우리는 대도시에서 왔다.

아고타 크리스토프, 용경식 옮김, 『존재의 세 가지
거짓말』, 까치, 2014.

정말 뜬금없는 첫 문장이다. 다짜고짜 대도시에서 왔다니. 게 다가 어디로 왔다는 것인지.

실제로 이 첫 문장이 소설 전체에서 차지하는 비중은 그 길 이만큼이나 보잘것없어 보인다. 문장에 숨은 의미 같은 게 전혀 담겨 있지 않아서가 아니라, 소설에서 펼쳐지는 이야기가 워낙 강렬해 어지간해선 첫 문장을 되새기기가 어렵기 때문이다.

하지만 이 소설의 마지막 장을 다 읽고 나서 처음으로 돌아와 첫 문장을 다시 읽었을 때, 온몸에 소름이 돋는 기분이었다. 이 문장이 이렇게 잔인한 문장이었던가?

"우리는 대도시에서 왔다."

악惡은 디테일에 있다지만, 공포는 오히려 구체성이 지워질 때 극에 달한다. 저 대도시에 이름이 있었다면, 그리고 "우리" 에게도 각각 구체적인 이름과 용모와 색깔과 체온까지 부여되 었다면, 이 소설이 주는 공포는 반감되었으리라(2권과 3권에 서 비로소 소설의 색깔과 체온이 느껴지는 건 우연이 아닐 터이 다).

머릿속에 구체적으로 그릴 것도 없고 딱히 기억할 것도 없는 공포야말로 최악의 공포이리라. 세상 곳곳에 미만하고 편재하 여 도무지 도망가 피할 곳이 없는 공포일 테니까.

"우리는 대도시에서 왔다."

내겐 이 문장이 마치, 모두가 모든 곳에서 왔다는 말처럼 들 린다. 무섭다.

나에게도 비밀이 생겼다.

조경란, 『우리는 만난 적이 있다』, 문학과지성사,
2001.

비밀이 문제였다면 이 문장은 그냥 '비밀이 생겼다'가 되었으리라. 그런데 "나에게도 비밀이 생겼다"라고 쓴 걸 보면 문제는 비밀 쪽이 아니라 '나'한테 있는 모양이다. 마침내 '나'에게'도' 비밀이 생겼다는 말이니까.

다른 사람들도 다 갖고 있는 비밀이 나한테도 생겼다면 그건 더 이상 비밀이 아니잖은가. 그러니 비밀은 중요한 게 아닌 셈이다. 그때 나한테 문제가 되는 건 역시 '나'일 뿐이다. 나만 이상한 게 아니었어. 왜냐하면 다른 사람과 마찬가지로 내게도 이러저러한 것이 생겼으니까.

그러니 이 소설은 '나'에 대한 이야기를 다룬 소설이겠다. 비밀이 아니라.

여자 형제들은 서로에 대해 모든
것을 알고 있든지 혹은 아무것도
모르고 있든지 둘 중 하나다.

루이제 린저, 박찬일 옮김, 『삶의 한가운데』,
민음사, 1999.

형제든 자매든 서로에 대해 모든 걸 알 수는 없다. 제아무리 사이가 좋아도 그건 불가능하다. 물론 서로에 대해 아무것도 모르는 것 또한 불가능하기는 마찬가지다. 제아무리 사이가 안 좋더라도 말이다.

　그러면 저 문장은 지금 거짓말을 하고 있는 것일까. 아니, 그렇지 않다. 왜냐하면 저 문장의 핵심은 "모든 것"과 "아무것"이 아니라 "둘 중 하나"에 있기 때문이다. 엄밀히 말하면 "모든 것"과 "아무것"을 놓고 "둘 중 하나"라고 말할 수는 없다. 선택의 문제가 아니라, 삶과 죽음같이 한쪽이 나머지를 상쇄하는 문제이기 때문이다. 그럼에도 불구하고 "둘 중 하나"라고 표현한 것은 어중간하지 않다는 의미이리라. 그러니 저 문장에서 '모든 것을 아는 것'과 '아무것도 모르는 것'은 다르지 않은 셈이다.

　결국 저 문장은 '자매(여자형제)끼리 느끼는 애정은 둘 중 하나다(어중간하지 않다)', '형제는 그렇지 않다', '그러니 형제보다 자매가 서로에 대한 애착이 훨씬 더 크다'를 포함하는 문장이리라.

아침 7시 35분, 이시가미는
평소처럼 자신이 살고 있는
연립주택을 나섰다.

히가시노 게이고, 양억관 옮김, 『용의자 X의
헌신』, 현대문학, 2006.

"아침 7시 35분"이 쉼표까지 동원되어 명시된 것이 예사롭지 않다. 이 소설이 추리소설이라는 걸 말해 준달까. 물론 아닐수도 있다. 하지만 "평소처럼"과 "아침 7시 35분"이 결합되어이시가미라는 인물의 습관적인 행동을 고스란히 드러내 주기에부족함이 없는 문장이 되었다. 게다가 이 인물이 늘 정해진 시각에 정해진 행동을 하는 빈틈없는 성격의 소유자라는 것도 알려 준다. "아침 7시 35분"만 적고 "평소처럼"은 지우거나 반대로 "평소처럼"만 적고 "아침 7시 35분"은 지워 버린다면 저 문장의 의미는 사뭇 달라질 것이다. 시간도 시간이지만 "평소처럼"이라는 부사가 저 문장에서 과연 어떤 역할을 하고 있는지자연스레 알게 된달까.

러시아에서의 죽음은
아프리카에서의 죽음과는
다른 냄새를 풍겼다.

에리히 마리아 레마르크, 장희창 옮김,
『사랑할 때와 죽을 때』, 민음사, 2010.

언뜻 죽음에 대한 추상적인 내용을 담은 문장인 듯싶지만 이어지는 문장들을 읽어 보면 사정이 전혀 다르다는 걸 알게 된다. 전장에서 맞닥뜨리는 시체들의 이야기이니까.

요컨대 저 문장에서 말하는 죽음의 냄새는 말 그대로 시체들이 풍기는 냄새다.

아프리카와 러시아의 가장 큰 차이는 아무래도 날씨가 아닐까. 강렬한 태양, 건조한 바람, 서늘한 밤이 아프리카 쪽이라면 폭설, 강추위, 습기는 러시아 쪽이겠다. 그러니 아프리카에서는 전사한 군인의 시체가 태양과 바람 속에서 건조한 냄새를 풍긴다면 러시아에서는 습기 때문에 악취를 풍긴다는 것.

흥미로운 건 아프리카에서는 낮 동안의 열기 때문에 가스가 찬 시체들이 밤이 되면 부풀어 올라 마치 다시 한 번 전투에 나서기 위해 일어서는 것처럼 보인다는 것이다. 그러다 아침이 오면 다시 오그라들어 군복이 헐렁해 보일 지경이라고.

"죽은 자들의 몸속으로 가스가 가득히 차오르면 낯선 별빛 아래서 마치 유령처럼 시체들이 몸을 일으켰다. 아무 희망도 없이. 모두 제각각 혼자서, 말없이 다시 한 번 전투에 참가하기라도 하려는 듯이."(7쪽)

반면 러시아에서는 눈 속에 파묻혔던 시체들이 눈이 녹으면서 모습을 드러내는데 1월에 죽은 시체들이 4월이 되어 발견된다는 것이다. 눈이 녹으면서 열린 입에 물이 고여 마치 익사한 시체처럼 보인다고.

"시체들은 햇빛 아래 놓이면 우선 눈 부위부터 녹아내렸다. 눈은 광채를 상실했고, 동공은 아교처럼 번들번들했다. 눈 속의 얼음이 녹아서 천천히 흘러나왔다. 마치 울기라도 하는 것처럼."(9쪽)

모든 건 잠시 나타났다가 순식간에
사라지는 물거품 같은 일시적인
존재에 지나지 않는다.

프레데리크 베그베데, 문영훈 옮김, 『9,900원』,
문학사상사, 2004.

모든 게 달라질 거야.

카타리나 하커, 장희창 옮김, 『빈털터리들』,
창비, 2008.

"잠시 나타났다가 순식간에 사라지는 물거품 같은 일시적인 존재"들이 계속 달라진다. 단 한 순간도 그대로 머물러 있지 않고 몸을 바꾸거나 처소를 바꾼다.

모든 건 그런 것이리라. 모든 것이라고 말할 때마다 달라지는 것. 아니 너무 빈번하게 달라져서 미처 눈치채지 못할 뿐, 지금도 달라지느라 여념이 없는 것.

그러니 '안녕하세요?'라는 말은 어쩌면 어제의 그 사람은 분명하지만 내가 미처 눈치채지 못하는 미세한 부분에서 밤사이 수도 없는 변화를 거쳤을 존재와 마주하고서 그 모든 변화에게 전하는 인사일는지도.

'안녕하세요? 당신은 물론 당신 안에서 지금도 변하고 있는 그 모든 것까지도요. 당신이라는 이름의 그 모든 것!'

●아무것도 아닌 존재로 죽다

나는 아무것도 아니다.

파트릭 모디아노, 김화영 옮김,
『어두운 상점들의 거리』, 문학동네, 2010.

나는 곧 죽을 것이다.

요 네스뵈, 노진선 옮김, 『네메시스』, 비채, 2014.

누구나 특별한 존재다. 특별하지 않은 사람은 없다. 당신도 그렇고 나도 그렇다. 특별함이 차고 넘친다. 아무것도 아닌 특별함이랄까. 그렇다고 그 특별함이 의미를 잃는 건 아니다. 색이 바래는 것도 아니다. 모두가 다 특별한 데도 각각의 특별함이 의미를 잃지 않는 특별함이라니.

아무리 생각해도 그 이유는 특별한 삶 때문이라기보다 특별한 죽음 때문인 듯하다. 인간은 누구나 자신의 죽음이 점점 가까워지는 걸 인식하면서 하루하루를 살아가는 존재들이다. 내 특별함이 언제든, 아니 지금 당장이라도 끝장날 수 있다는 걸 알고 살아가는 존재. 따라서 그 특별함이 결국 아무것도 아닌 특별함이라는 걸 아는 존재. 진정한 특별함은 바로 그런 것임을 깨닫는 존재.

그러니 당신과 내가 특별한 존재인 이유는 이렇게 말할 수 있기 때문은 아닐까.

'나는 아무것도 아니다. 그리고 나는 곧 죽을 것이다.'

그래, 사실이다.

권터 그라스, 장희창 옮김, 『양철북』,
민음사, 1999.

주인공 오스카의 독백으로 시작하는 이 소설의 첫 문장이다. 다음 문장은 "나는 정신병원에 수용된 환자다"이니, 저 첫 문장은 바로 그 사실을 확인해 주는 역할을 하는 셈이다.

그런데 이상하다. 그냥 두 번째 문장, 즉 "나는 정신병원에 수용된 환자다"로 시작하면 누군가에게 확인해 주고 말고 할 것도 없을 텐데 왜 굳이 저런 문장을 덧붙였을까. 그리고 만일 확인이 필요했다면 대체 누구에게 확인해야 했던 걸까. 독자? 자기 자신? 아니면 소설의 다른 인물들에게?

글쎄, 모두 다일 수도 있고 다 아닐 수도 있겠다. 어느 쪽이든 허구의 이야기인 소설의 첫 문장이 "그래, 사실이다"라는 게 흥미로울 뿐이다. "그래, 사실이다"로 시작하는 소설이라……

더 흥미로운 건 앞에 쓰인 "그래"다. 이 감탄사는 긍정의 대답을 할 때 쓰는데 여기서는 어쩐지 아닌 거 뻔히 알면서 사실이냐고 묻는 독자들에게 편치 않은 심사를 전하는 용도로 쓰인 것만 같다. 이거 소설인 거 알고 읽는 거잖아. 그런데 뭐 그렇게 정색을 하고 그래. 그렇게 의심돼? '그래 이거 사실이다' 뭐 이런 확인이라도 필요해?

그래서일까. 왠지 안심하게 만드는 첫 문장이다.

3장 다시 사는 첫 문장

처음엔 실수로 시작되었다.

찰스 부코스키, 박현주 옮김, 『우체국』,
열린책들, 2012.

그 일은 잘못 걸려 온 전화로
시작되었다.

폴 오스터, 황보석 옮김, 『뉴욕 3부작』,
열린책들, 2003.

시작점을 짚어 내는 건 쉽다.

이언 매큐언, 황정아 옮김, 『이런 사랑』,
미디어2.0, 2008.

처음부터 이렇게 살려던 건 아니었다. 어디쯤에서 어긋난 건지는 잘 모르겠지만 아무튼 무언가 단단히 잘못된 게 분명하다. 글쎄 내가 어떤 실수를 저질렀을 수도 있고 잘못 걸려 온 전화처럼 뭔가 잘못 연결되는 바람에 이리되었을 수도 있다.

되돌릴 수 있을까? 물리적으로 가능하다면 말이다. 예컨대 시간을 되돌릴 수 있다면…….

어려울 것 같다. 설령 내가 다시 처음으로 돌아간다 해도 삶을 되돌릴 것 같지 않다. 게다가 그 모든 시간을 다시 살아 내야 한다고 생각하니 끔찍하다.

아마 이런 성향 때문이었으리라. 삶에 조금씩 균열이 생기기 시작했을 때도 이랬을 테니까. 다시 돌아갔다 올 거면 차라리 그냥 살지 뭐, 그랬겠지. 그러니 누굴 탓하겠는가. 내가 곧 시작이고 마지막인걸.

특별한 순서 없이, 기억이 떠오른다.

줄리언 반스, 최세희 옮김, 『예감은 틀리지
않는다』, 다산책방, 2012.

대부분의 사람들은 더 많이 기억할 수
있는 방법을 배우고 싶어 한다.

제프리 무어, 윤미연 옮김, 『기억술사』, 푸른숲, 2011.

인생에서 최초로 기억나는 때가
언제야?

노자와 히사시, 신유희 옮김, 『연애시대』,
소담출판사, 2006.

최초의 기억 같은 건 의미가 없을지도 모른다. 온전히 내 기억인지 아니면 하도 이야기를 들어서 내가 기억하는 것처럼 느끼는 건지 의심스러우니까. 외려 반복적으로 떠오르는 기억이 더 의미 있지 않을까. 시간이 지나도 여전히 지워 내지 못한 기억이라는 방증일 테니까.

여섯 살이었던가. 외할머니와 어머니가 나와 동생을 데리고 구멍가게를 하는 집에 세 들어 살았다. 주인집 누나가 어릴 때부터 뇌성마비를 앓아 학교에도 가지 못하고 구멍가게 온돌방에 앉아 가게를 지켰는데, 주인아저씨가 취객들에게 누나를 지킬 요량으로 셰퍼드 한 마리를 키웠다. 그 녀석과 나란히 앉아 누나에게 성경 이야기를 듣곤 했더랬다. 어느 날 동네 조무래기들과 어울려 집 앞 돌산에 다녀왔는데, 내 몸에 낯선 냄새라도 묻어 있었는지 녀석이 나를 향해 달려와 사정없이 종아리를 물었다.

다음 날 주인아저씨는 바로 개장수를 불러 녀석을 팔아 버렸고 유일한 친구를 빼앗긴 누나는 녀석의 목덜미를 부여잡고 섬돌에서부터 마당으로 질질 끌려 나오며 울었다. 한쪽 종아리에 된장을 바른 채 마당 한편에 서 있던 나는 더 큰 소리로 울었고, 개장수 아저씨가 그런 나를 보고 딱하다는 표정으로 한 말이 아직도 귓전에 생생하다.

"원 녀석도, 아니 네 개도 아닌데 뭘 그렇게 울어 인석아. 세상이 끝장나기라도 했냐?"

그 말을 듣고 더 서럽게 울었던가. 내가 정말이지 어떤 세상을 끝장냈다는 생각이 들어서 더 그랬던 모양이다. 어떤 세상을 끝장내 버렸다고…….

귀를 기울이면, 들린다.

존 맥그리거, 이수영 옮김, 『기적을 말하는 사람이
없다면』, 민음사, 2010.

누군가의 읊조림이, 그 반복적인
구절들이 내 의식의 가두리에서
물결처럼 철썩인다.

마보드 세라지, 민승남 옮김, 『테헤란의 지붕』,
은행나무, 2010.

언젠가 어머니는 내게 이런 이야기를 들려준 적이 있다.

"네가 일곱 살 때였지 아마. 우리가 세 들어 살던 집 문간방에 젊은 부부가 아기랑 살았었는데 기억 안 나니? 부부가 둘 다 벙어리였잖아 왜. 젊은 새댁이 아기 보느라고 아주 진땀을 흘렸지. 요 녀석이 어찌나 보채고 자지러지게 울던지, 잠이 들어야 새댁이 겨우 수돗가에 나와 일을 할 수가 있었는데, 문제는 아기가 깨서 울어도 소리를 못 듣는 거라. 내가 방 안에서 몇 번이나 '새댁 아기 울어' 하고 소리 질렀다가 아차, 듣지를 못하지 하고 수돗가로 나가서 몸을 흔들어 줘야 알아채곤 했거든. 그게 미안했던지 어느 날인가 새댁이 꾀를 내서는 긴 끈을 구해 가지고 아기 몸에 한쪽을 묶고 나머지 한쪽을 자기 허리에 단단히 묶고는 일을 하더라고. 어찌나 우습던지. 저런다고 알 수가 있겠나 싶었는데, 아 글쎄, 신기하게도 몇 번은 금방 알아채지 뭐니. 그래도 요 녀석이 누워서 보채지도 않고 그냥 울어 젖히면 알 도리가 없었지. 그래서 하루는 내가 널 보고 그 문간방 툇마루에 앉았다가 혹시 아기가 울면 그 끈을 요렇게 요렇게 당겨 주라고 했지. 그랬더니 네가 딱 고 말대로만 하는 거야. 친구들이 문밖에서 부르는데도 꼼짝도 않고 고 툇마루에 앉아서 수돗가에 있는 새댁 뒷모습만 뚫어져라 보고 있더라고. 문밖에서 놀다가 애 우는 소리가 들리면 쪼르르 달려 들어와서 알려 줘도 될 텐데, 네가 그렇게 맹했다는 거 아니냐. 정 그럴 거면 방 안에 들어가 있으라고 방문을 열어 줘도 그쪽으로는 고개도 돌리지 않고 딱 고렇게 앉아 있더라니까. 이마에 땀방울이 고슬고슬 맺힐 때까지 말이야. 그러고는 아기가 깨서 우니까 고 끈을 손에 쥐고 요렇게 요렇게 당기더라고."

길게 뻗어 있는 하얀 구름들 아래,
번쩍거리며 빛나는 강렬한 태양 아래,
환하고 밝은 하늘 아래 처음으로
들려온 것은 한참이나 이어지는 경적
소리였다.

크리스티안 크라흐트, 배수아 옮김, 『제국』, 문학과지성사,
2013.

절규는 하늘을 가로질러 온다.

토마스 핀천, 이상국 옮김, 『중력의 무지개』,
새물결, 2012.

아기가 울어요, 이 말은 수화로 어떻게 하는 걸까. 궁금하다. 일곱 살의 나도 그걸 궁금해하지 않았을까. 끈을 당기면서 속으로는 그렇게 말했을 테니까. 아기가 울어요, 아줌마, 아기가 울어요. 한 손에 끈을 쥐고 당기면서, 상대가 듣지 못한다는 걸 알았던 어린 나는, 차마 그 소리를 입 밖에 내지 못하고 속으로 물었을 것이다. 어떻게 말하는 건가요? 아기가 울어요, 아줌마, 아기가 울어요. 이 말은 어떻게 해야 하는 건가요?

자신의 삶에 묶인 끈을 잡아당길 때는 신중해야 한다. 왜냐하면 그 끈을 잡아당기는 순간 나 또한 당겨지는 것이니까. 당겨진 나는, 당겨지기 전과는 전혀 다른 나일 수도 있다.

아기가 울어요, 아니, 이제 보니 끈이 울어요, 왜 끈이 우는 걸까요, 아기는 다시 잠들었는데, 끈이 자꾸 울어요. 나는 어떻게 해야 하나요. 손을 놓을 수가 없네요. 끈이 우는데 나는 손을 놓을 수가 없어요.

개.

러셀 뱅크스, 박아람 옮김, 『달콤한 내세』,
민음사, 2009.

어디선가 개 짖는 소리가 들린다.

후안 룰포, 정창 옮김, 『불타는 평원』, 민음사,
2014.

일고여덟 살 때니까 초등학교에 들어갈 무렵이었겠다. 내가 살던 동네에 큰 철공소가 있었는데, 그 집에서 도사견을 길렀다. 이름은 기억나지 않는다. 우리 꼬맹이들은 그저 챔피언이라고 불렀고 그 이름으로만 기억했다. 챔피언은 투견 때문에 얻은 별명이었다.

　투견이라지만 판돈이 오가는 투견장과는 아무런 상관이 없었다. 다른 동네 철공소나 석재상 주인이 자신이 기르는 도사견을 데리고 와서 도전 의사를 비치면 흙먼지 풀풀 날리는 신작로 한복판에서 싸움을 벌이는 식이었다. 오십 미터쯤 떨어져 한동안 서로를 노려보던 도사견이, 양쪽에서 주인들이 동시에 목줄을 놓는 순간 서로를 향해 쏜살같이 달려와 뒤엉켰다. 뿌연 먼지구름과 뜨거운 입김 속에서 허옇게 이빨이 튈 정도로 치열한 접전을 벌이는 시간은 고작해야 이삼십 초. 한쪽이 비명을 내지르며 줄행랑을 치면 그걸로 경기는 끝이었다.

　물론 챔피언은 상대에게 뒷모습을 보인 적이 한 번도 없었다. 그렇다고 겁을 먹거나 부상을 입고 도망치는 상대를 뒤쫓지도 않았다. 비록 허연 입김을 내뿜으며 침을 질질 흘리긴 했지만, 언제나 챔피언답게 그 자리에서 꼼짝도 하지 않고 도망치는 상대를 그저 가만히 지켜볼 뿐이었다. 그런 챔피언을 바라보며 우리 꼬맹이들은 나란히 오줌을 지렸다.

●개 2

한 마리의 개는, 천천히
몸을 일으킨다.

이장욱, 『칼로의 유쾌한 악마들』, 문학수첩, 2005.

그것은 회색 개였다.

로맹 가리, 백선희 옮김, 『흰 개』, 마음산책, 2012.

"으으으으으."

나는 부르르 몸을 떨었다. 그리고 꼬리를 내리며 물러가는 상대를 위엄 있게 노려보는 챔피언의 모습을 확인하면 모든 순서는 끝이 났다. 그것은 마치 의식 같은 것이어서 그 모습을 확인하기 전에는 아무도 자리를 뜨지 못했다.

"챔피언이야."

누군가 내 귀에 대고 조용히 속삭였다. 뜨거운 입김과 함께.

그때는 어려서 미처 몰랐다. 챔피언이 상대를 뒤쫓지 않은 건 승자의 위엄 때문이 아니었다는 것을. 챔피언은 단지 지쳐 있던 것이다. 승리에 도취해 우쭐댈 만큼 녀석은 젊지 않았다. 아마도 물러가는 상대를 물끄러미 바라보며 이젠 쉬고 싶다는 생각을 했는지도 모른다. 언제까지 이 짓을 되풀이해야 하는가. 그만 좀 와라. 아니면 제 주인에게 생애 처음으로 치욕적인 패배를 안겨 줄 시점을 고르고 있었는지도. 그러고는 철공소 구석 자리로 쫓겨나 초겨울의 짧은 햇볕을 쬐며 깊은 잠에 드는 자신의 모습을 그려 보고 있었는지도……

신지는 거리에 지하철이 들어온
날을 생생하게 기억하고 있다.

아사다 지로, 정태원 옮김, 『지하철』, 태동출판사,
2000.

나 또한 처음 지하철을 타 본 날을 생생히 기억한다. 1974년
8월 15일. 서울에 지하철이 처음 개통된 날이었다. 청량리역에
서 서울역까지. 그리고 그날은 8·15 기념식장에서 영부인이 총
격을 당해 사망한 날이기도 했다.

아버지는 아침부터 서둘러 나를 데리고 시내로 나갔다. 왜 동
생은 놔두고 나만 데리고 갔는지는 알 수 없다. 기억나는 건 엄
청난 인파 속에서 내 손을 꼭 잡은 아버지의 손과 지하철과 사
람들을 구경하느라 길게 늘어나 있던 아버지의 목뿐이다. 나는
외려 피곤하기만 했더랬다. 오랜 시간 앉지도 못해 다리는 아프
고 나를 놓치지 않기 위해 지나치게 꼭 잡은 아버지의 손아귀
안에서 내 손뿐만 아니라 작은 몸 전체가 오그라드는 기분이었
으니까. 보이는 거라곤 앞 사람, 옆 사람의 엉덩이나 옷자락뿐
이었다. 난생처음 지하철과 함께한, 유난히도 우울했던 그 휴일,
기억난다.

●일몰

해는 서쪽 산 너머로 허물어지고 있었다.

백가흠, 『나프탈렌』, 현대문학, 2012.

해가 또 기울었다.

성커이, 허유영 옮김, 『중독』, 자음과모음, 2011.

고등학교 수학여행 때가 생각난다. 경주로 갔는데 대절한 버스의 좌석보다 학생 수가 많아 일부는 바닥에 주저앉아 관광지를 돌아다녀야 했다. 유명 관광지 앞에 멈출 때마다 학생들은 카메라를 들고 전력 질주를 해서 사진을 찍고는 다시 전력 질주로 버스로 돌아오곤 했다. 좌석을 지키기 위해서였다. 친구들 틈에 끼어 뛰다가 나는 내게 카메라가 없다는 걸 깨닫고 실소했다. 대체 나는 왜 뛰는 거야. 그렇다고 자리를 지키며 앉아 있고 싶지는 않았다. 그건 말하자면 반칙이니까. 대신 나는 어정쩡하게 걷다시피 하여 우르르 몰려갔다 몰려오는 친구들의 꼬리를 물었다. 그렇게 하루 종일 뒷좌석에서 앞좌석으로 밀렸다가 다시 바닥으로 내려앉기를 반복했다.

버스에 남아 있을 수도 없고 그렇다고 버스로 돌아오기를 거부할 수도 없는 딜레마. 게다가 그 중간의 어정쩡함. 하지만 내 기억 속에 아직도 선명하게 남아 있는 건 숙소로 돌아오는 버스 안에서 맞은 경주의 어스름, 버스 안과 밖의 구분을 무색하게 만드는 것은 물론 도저히 거부할 수 없는 힘으로 내 안까지 깊이 스며들며 내리던 어스름이었다.

●골목

함부로 내던진 운동화 끈처럼
골목은 기다랗게 펼쳐져 있었다.

최인석, 『연애, 하는 날』, 문예중앙, 2011.

브루클린 하면 더할 나위 없이 아름다운 석양과
남편들이 유모차를 끄는 멋진 가로수길이
유명하지만, 혹시 당신이 그곳에 갈 일이
있다면 아주 진귀한 서점이 있는 어떤 조용한
뒷골목에 가 보시기 바란다.

크리스토퍼 몰리, 박선경 옮김, 『유령서점』, 현인, 2011.

나 어릴 땐 골목이 놀이터였다. 하월곡동 시장 뒤편으로 정말이지 "함부로 내던진 운동화 끈처럼 기다랗게" 또는 고불고불 이어져 있던 골목들. 많기도 했다. 꼬맹이들이 구슬치기에 여념이 없던 골목, 딱지치기 삼매경에 빠져 있던 골목, 비석치기를 하느라 왁자지껄했던 골목. 오후가 되어 학교에 갔던 형들까지 합세하면 각각의 골목에서 놀던 녀석들이 모두 쏟아져 나와 더 큰 골목에서 다방구를 하며 놀기도 했다. 골목들만큼이나 아이들도 "함부로 내던진 운동화 끈처럼 기다랗게" 이어지며 골목을 가득 메웠더랬다. 그러니 소리는 또 얼마나 요란했겠는가. 아이들 노는 소리로 가득한 골목, 요즘은 시골에서도 찾아보기 어렵다는 그 골목.

대학을 졸업할 무렵이던가. 초등학교 5학년 때 떠난 그 골목을 다시 찾았더랬다. 외국의 어느 도시에서 진귀한 서점이 있는 뒷골목을 찾아 들어가는 외국인보다 더 낯선 이방인이 된 심정으로. 물론 그곳엔 골목이 없었다. 시장도 사라졌고 그 뒤쪽으로 흐르던 개천도 복개되어 흔적조차 찾을 수 없었다. 그걸 확인하고 돌아서는 순간 이상하게 홀가분했다. 이제 그 골목들은 내 기억 속에서만 존재한다고 생각하니 몸속으로 조그만 골목들이 가지를 치듯 이어지는 기분이었다.

● 웃음

왜 웃어요? 하고, 은색의 루즈를
입술에 바른 거리의 여자가 눈을
동그랗게 뜨고 물어왔을 때 나는 조금
엉뚱한 생각에 사로잡혀 있었다.

이승우, 『식물들의 사생활』, 문학동네, 2000.

우리는 왜 웃는가?

베르나르 베르베르, 이세욱 옮김, 『웃음』,
열린책들, 2011.

"너 미쳤냐?"

군대 동기 하나가 이등병 때 선임병들에게 늘 듣던 소리였다. 웃는 얼굴이어서였다. 80년대 군대에서 그것도 철책에서 이등병이 늘 웃는 얼굴로 돌아다녔으니 미쳤느냐는 소리를 들을 만도 했다. 심지어는 동기들과 함께 선임들 앞에 불려가 나란히 차렷 자세로 서 있을 때조차 싱글싱글 웃는 표정이었으니 더 말해 뭐하겠는가.

"원래 표정이 이렇습니다!"

동기 녀석의 변명은 한결같았다. 하긴 다른 핑계가 가당키나 했겠는가.

"원래? 원래 같은 소리 하고 있네. 그럼 아주 원래대로 만들어줄까? 태어나기 전으로 말이야."

맞기도 많이 맞고 별 험악한 말도 숱하게 들었지만 타고난 표정은 어쩔 수가 없는 모양인지 동기 녀석은 상병을 달 때까지 고생 아닌 고생을 해야 했다.

그리고 선임병이 되고 나서 녀석은 이상한 방식으로 그 분풀이를 했다. 후임병을 맞을 때마다 잔뜩 긴장하게 해 놓고는 이렇게 말했던 것이다.

"웃어 봐."

"예?"

"웃어 보라고 인마!"

●총구
<hr>

아말은 군인의 눈을 자세히 쳐다보고
싶었지만, 그의 자동소총 총구가
이마에 닿아 있어서 그러지 못했다.

수전 아불하와, 왕은철 옮김, 『예닌의 아침』,
푸른숲, 2013.

나도 그의 눈을 제대로 쳐다보지 못했다. 내 경우엔 이마가 아니라 오른쪽 관자놀이에 총구가 닿아 있었다. 철책선 초소 안이었고 상대는 그날 밤새 같이 근무를 서게 된 선임병이었다. 오래전 일이다. 이젠 상대의 얼굴조차 생각나지 않을 만큼.

  설마 총을 쏠 생각으로 그랬겠는가. 총을 겨눌 만큼 내가 마음에 안 들었던 게지. 누군가 나를 그렇게 싫어한 경험은 그 전에도 해 본 적 없고 그 뒤에도 겪어 본 적 없다. 물론 나를 그렇게 싫어하는 사람을 좋아할 수는 없는 노릇이니, 나 또한 상대를 그만큼 싫어했지 싶다. 사람을 좋아하고 싫어하는 일을 놓고 이유를 따지는 것만큼 의미 없는 짓이 또 있을까. 상대는 그냥 내가 싫었던 것이다. 나 또한 딱히 상대가 싫은 이유를 댈 상황이 아니었고.

  그러니 그날 초소 안에서 내 관자놀이를 서늘하게 만든 총구보다 더 무시무시한 총구는 따로 있었던 셈이다. 누군가 내게 총을 겨눌 만큼 나를 싫어했다는 사실. 도저히 잊을 수 없는 그 사실이 지금도 내 가슴께를 서늘하게 겨누곤 한다.

갈색 털이 무성한 손이 불쑥
내 코앞까지 뻗어와 멈추었다.

박완서, 『나목』, 세계사, 1995.

인상적인 손이다. 누군가의 삶에 불쑥 끼어들 만한 손.

내게도 그런 손이 있다. 철책에서 만난 손.

소대 관물 조사를 할 때였다. 관물조원들과 며칠 동안 잠도 못 자고 준비한 보람도 없이 모자란 관물이 있는가 하면 남는 것도 나왔다. 화가 난 기재계가 철모로 관물조장인 내 머리를 내려치면서 나중에 다시 할 테니 취침 준비나 하라고 소리쳤다. 그저 살짝 머리를 친 것뿐인데 맞고 돌아서는 순간 나는 그만 정신을 놓고 말았다.

정신을 차려 보니 매트리스 위에 차렷 자세로 누워 천장을 바라보고 있는 내 옆에서 후임병인 K가 나를 향해 몸을 돌리고 누운 채로 내 손을 꼭 잡고 있었다.

"정신이 듭니까? 내가 누군지 알겠습니까?"

"뭐가? 무슨 일인데?"

"아닙니다. 이제 됐습니다. 일단 주무세요. 나중에 얘기하죠."

그의 말에 따르면 머리를 맞고 돌아서는데 내 얼굴이 창백해지면서 눈의 초점이 흐려지더란다. 다행히 아무도 눈치를 못 챈 것 같아 소대원이 일제히 자리에 누울 때까지 기다렸다가, 내 옆에 누워 내 손을 꼭 잡고 지켜보았다는 것이다.

K는 말했다. 그 순간 나는 살아 있는 사람 같지 않았다고. 몸은 움직이는데 눈은 물론 표정도 하얗게 지워져 있었다고. 말하자면 그때 내 정신은 사라진 관물처럼 이십 분 정도 어딘가를 헤매다가 다시 원위치한 셈이다. 그리고 나는 K에게 말했다. 네가 손을 꼭 잡고 있는 바람에 더 멀리 가지 못하고 돌아온 모양이라고. 고맙다고.

가끔 생각해 본다. 나는 그때 몸뚱이만 달랑 남겨 놓고 어디를 헤매 다닌 걸까, 어디까지 갈 생각이었을까……. 물론 잊을 수 없는 그의 손을 떠올리면서 말이다.

내 본당은 여느 본당과 같다.

조르주 베르나노스, 정영란 옮김, 『어느 시골
신부의 일기』, 민음사, 2009.

오래전 혜화동 성당에서 고등학교 동기 하나가 결혼을 했다. 대학에 대학원까지 마치고 느닷없이 신학대학에 들어갔던 친구였다. 모태 신앙인 데다 오래전부터 신부님이 되고 싶어 했다. 고등학교를 졸업하고 바로 신학대학에 진학한 다른 친구가 신부 서품을 받는 곳에 꽃다발을 들고 다녀와서는 더 이상 미룰 수 없노라고 아주 진지하게 자신의 뜻을 밝혔더랬다.

그런데 친구는 얼마 못 가 신학교를 뛰쳐나왔다. 어떤 사정이 있었는지는 모르겠지만 어쨌든 친구는 대학원 도서관에서 만난 또래 여학생과 결혼해서 같이 유학을 가기로 했노라고 수줍게 고백했다.

결혼식은 혜화동 성당에서 치러졌는데 서품식에서 친구의 마음을 뛰게 만들었던 바로 그 고등학교 동창 신부님이 결혼식 미사를 집전했다. 의정부 어느 성당의 본당 신부님을 혜화동까지 모셔 온 것이다. 그 덕분에 주례와 신랑과 하객이 모두 고등학교 동창생으로 이루어진 매우 이상한 결혼식이 되었다. 그 이상한 결혼식을 지켜보며 나는 신학대학에 진학해서 같이 신부가 되지 않겠느냐는 친구의 제안을 단호하게 거절하길 참 잘했다고, 혼자 생각했더랬다.

●실직

자신의 서른 번째 생일을 맞던 그날,
보세프는 그동안 생계를 의지해 왔던
작은 기계 공장에서 해고되었다.

안드레이 플라토노프, 김철균 옮김, 『코틀로반』,
문학동네, 2010.

이전에 꽤 유명한 골키퍼였던 요제프
블로흐는 건축 공사장에서 조립공으로
일하고 있었는데, 아침에 일하러 가서는
자신이 해고되었음을 알게 되었다.

페터 한트케, 윤용호 옮김, 『페널티킥 앞에 선 골키퍼의
불안』, 민음사, 2009.

해고돼 본 적 없다. 이제껏 두 군데 직장을 다녔는데 두 곳 다 내 손으로 사직서를 내고 내 발로 걸어 나왔다. 그 뒤로는 허울만 좋은 프리랜서로 일하고 있다. 앞으로 직장에 취직할 일이 있으려나. 혹시나 편의점 아르바이트라도 하게 될지 모르니 단정해서 말할 수는 없겠다. 다만 지금까지는 누군가를 해고해 본 적도 해고를 당해 본 적도 없는 건 사실이다.

그러니 해고된 사람들의 심정을 온전히 이해할 경험치가 내겐 없다. 다만 미루어 짐작할 뿐이다. 요컨대 그 막막함 같은 것.

내 경우엔 하루아침에 집을 잃고 길바닥에 나앉게 될 처지에 몰렸을 때가 그랬다. 그것도 노부모와 같이. 아버지가 만든 결과였다. 해결할 사람은 나 혼자였다. 두 양반을 모시고 어딘가로 가야 했는데 수중에 남은 돈은 그걸 허락지 않았다. 나중에 어찌어찌 세 사람이 몸을 뉘일 공간을 얻긴 했지만, 그사이 나는 며칠 동안 통 잠을 이루지 못하기도 했고 두 양반을 버리고 혼자 어딘가로 도망가 버릴까 하는 차마 해서는 안 되는 나쁜 생각을 아주 진지하게 해 보기도 했다. 막막하다는 형용사를 그때만큼 절감한 적이 또 없을 정도로, 나는 그야말로 궁지에 몰렸더랬다. 다시 일상을 되찾고 나서도 아주 오래도록 그 기억은 쉽사리 지워지지 않고 남았다. 지금도 이렇게 쉽게 되살아나는 걸 보면 앞으로도 온전히 지워 내기는 어려울 것 같다. 실직의 경험도 이렇지 않을까? 아니, 이보다 더 비참할까?

● 내장 사실주의
_____

내장內臟 사실주의에 동참하지
않겠느냐는 친절한 제안을 받았다.

로베르토 볼라뇨, 우석균 옮김, 『야만스러운
탐정들』, 열린책들, 2012.

처음 탈장 수술을 받은 건 초등학교 5학년 때였다. 고환 쪽으로 흘러내리는 창자를 밀어 올리느라 늘 주머니 속에서 손을 꼼지락거려야 했던 큰아들을 보다 못해 어머니가 어딘가에서 십만 원을 융통해 왔다. 기억나는 건 내 바로 앞 침대에 누워 코며 입에 튜브를 꽂은 채 사경을 헤매던 아저씨가 내가 입원한 바로 다음 날 돌아가신 일과 퇴원하면서 집으로 돌아가는 길에 난생처음 택시를 탄 일 정도다.

두 번째 수술은 군대에서 받았다. 첫 수술 뒤 일 년도 안 돼 반대쪽으로 재발한 탈장 때문에 학창 시절 내내 내 한쪽 손은 늘 복막을 밀고 내려온 창자를 부여잡고 있어야 했다. 현역 판정을 받고 군대에 가서야 탈장이 문제가 된다는 걸 알았다. 결국 후송을 가서 수술을 받았다. 군의관이 수술 부위를 살피는 아침 점호 때마다 침대에 누운 채로 관등 성명을 크고 길게 외쳤던 기억이 생생하다.

어머니가 심장 수술을 받던 날 의사의 호출을 받고 수술실에 들어갔다 나온 아버지가 아들 앞에서 울먹였다. "네 엄마 심장을 보여 줬는데…… 가슴이 벌어졌는데…… 그 안에서 네 엄마 심장이 멈춰 있다가 뛰기 시작했는데……." 심장이 다시 뛰는 걸 보호자에게 확인시킨 모양이었다. 그날 아버지는 어머니의 심장을 보았다.

아버지가 맹장 수술을 받던 날 의사는 나를 불렀다. 아버지 몸에서 떼어 낸 충수가 의사와 나 사이에 놓인 긴 탁자 위에 올려져 있었다. 제법 큰 토란처럼 보였다. 슬리퍼를 신고 있던 의사의 엄지발가락을 닮은 것도 같았고. "많이 부었죠? 장에도 영향을 끼쳐서 입원을 오래 하셔야 할 것 같습니다. 금식도 길어질 거구요." 그날 나는 아버지의 맹장을 보았다.

●심장

심장의 삶은 단순하기 그지없다.

칼 오베 크나우스고르, 손화수 옮김, 『나의 투쟁』,
한길사, 2016.

나도 그런 줄 알았다. 멈추는 그 순간까지 줄곧 펌프질만 해 대는 삶이니까. 하지만 어머니 심장에 이상이 생겨 수술을 받게 되었을 때 알았다. 심장의 삶이 단순하지만은 않다는 걸.

의사는 관상 동맥이 막혀 심장이 제 기능을 하기 어려워졌으니 왼쪽 다리에서 혈관을 잘라 내 심장에 연결해 줘야 한다고 설명했다. 관상冠狀 동맥은 심장을 싸고 있는 혈관으로 뒤집어 보면 마치 왕관을 쓰고 있는 형상이라 그렇게 부른다는 것. 그런데 관상 동맥의 역할이 재미있었다. 심장에 혈액을 공급하는 혈관이라고.

갑자기 생각이 많아졌다. 하루 종일 펌프질을 해 대며 온몸에 혈액을 공급하는 것이 심장의 역할인데, 하여 늘 피를 잔뜩 품고 있는 것이 심장일진대 스스로에게 혈액을 공급해야 한다고?

하지만 펌프질을 위해 근육이 하염없이 움직이려면 심장도 영양을 공급받아야만 할 터. 하루 종일 혈액을 공급해야 하는 그 '온몸'에 심장 자신도 포함되는 건 당연한 일. 그러니 자신에게도 혈액을 공급해야만 한다. 어떻게 한다?

이 기막힌 딜레마를 심장은 자신의 바깥으로 나갔다가 다시 자신으로 돌아오는, 몸에서 가장 짧은 혈관을 만드는 방법으로 극복한 셈이다. 관상 동맥.

자신의 바깥으로 길을 내고 그 길이 다시 자신으로 돌아오게 만드는 것으로 딜레마를 극복한 심장. 과연 단순한 삶이라고 할 수 있을까?

●엄마

나는 잠을 깼고, 엄마가 거기에 있었다.

안 마텔, 황보석 옮김, 『셀프』, 작가정신, 2006.

**엄마가 살려 달라고 외쳤을 때,
난 놀라지 않았다.**

랜디 수전 마이어스, 홍성영 옮김, 『살인자의
딸들』, 알에이치코리아, 2014.

엄마는 병실 침대에 모로 누워 있다.

서유미, 『끝의 시작』, 민음사, 2015.

심장 수술을 받고 난 다음 날 어머니는 뇌경색으로 몸 왼쪽이 마비되었다. 보호자 대기실에서 자다가 전화를 받고 부랴부랴 중환자실로 올라갔더니 몸을 움직이지 못하는 어머니가 거기 있었다.

　　처음에 어머니는 당신의 상태를 심각하게 여기지 않았다.

　　"이거 나가서 침 맞으면 금방 낫는 거야. 예전에 얼굴 돌아갔을 때도 침 맞고 금방 나아졌잖니."

　　일반 병실로 옮겨진 날 밤 커피를 마시고 병실로 돌아와 보니 어머니가 어둠 속에서 침대 아래쪽으로 기울어진 몸을 가누지 못한 채 내 이름을 애타게 부르고 있었다.

　　"나 왜 이러는 거니?"

　　그제야 어머니는 당신의 상태를 절감한 듯했다. 어둠 속에서 내 이름을 애타게 부르던 어머니의 목소리가 마치 살려 달라는 외침처럼 들렸더랬다. 물론 나는 놀라지 않았다.

　　그뿐이었다. 어머니는 퇴원할 때까지 병실 침대에서 마비된 왼쪽으로 몸을 돌려 모로 누워 있곤 했다. 때로는 내게 등을 긁어 달라기도 했고, 문득 생각났다는 듯 "퇴원하면 김치죽 해 줘" 하고 무심한 표정으로 말하기도 했다.

스물아홉의 나에게는 한 가지
희망과 한 가지 절망이 있다.

박상우, 『비밀 문장』, 문학과지성사, 2016.

어머니와 병원 생활을 할 때 하루 중 대부분의 시간을 재활치료실에서 보내곤 했는데, 환자든 보호자든 물리치료사만 보면 빚쟁이 멱살잡이하듯 공통적으로 던지는 질문이 있었다.

"언제쯤 정상적으로 생활할 수 있을까요?"

간절한 마음으로 묻는 그들에게 물리치료사들의 반응은 한결같았다.

"그건 저희도 알 수 없습니다."

냉담하기 그지없어 화가 날 정도였다. 드잡이까지는 아니지만 보호자나 환자와 실랑이를 벌이기도 했다. 환자들을 운동시킬 때는 더없이 친절하고 우울감에 빠진 환자에겐 희망을 잃지 마라, 더 심한 환자도 멀쩡해져서 퇴원했다며 따뜻한 격려도 잊지 않으면서, 그러니까 그게 언제냐는 물음에는 묵묵부답이었다.

두어 달 생활하다 보니 물리치료사로서도 실제로 말해 줄 게 없는 데다 자칫 위험할 수도 있다는 걸 알게 되었다. 정확히 언제쯤이면 걷거나 손을 움직일 수 있다고 말해 주었다가 막상 그만한 차도가 없을 경우 환자는 절망하고 치료를 거부하기 때문이었다. 재활치료실에서 보호자와 환자 간에 고함이 오가는 경우도 심심치 않았다.

"해 봐야 소용없다니까. 넌 그냥 애들 데리고 가. 나 같은 거 내버려 두고 가라고!"

희망이나 절망은 시계를 보지 않는다. 그러니 희망과 절망에 날짜를 기입하는 것은 바보 같은 짓이다. 희망에 날짜를 입히는 건 바람이나 다짐일 뿐이고, 모든 종말론이 우스개처럼 여겨지는 것 또한 종말이라는 개념 때문이 아니라 바로 그 날짜 때문이다.

먼저 말해 두어야 할 것은 우리가
엘리베이터도 없는 건물의 칠층에
살고 있었다는 사실이다.

에밀 아자르, 용경식 옮김, 『자기 앞의 생』,
문학동네, 2003.

겨우 34층밖에 안 되는 나지막한
잿빛 건물.

올더스 헉슬리, 안정효 옮김, 『멋진 신세계』,
소담출판사, 2015.

기준이 상대적이라서 그렇다. 『자기 앞의 생』의 주인공이자 화자에겐 자신을 돌봐 준 엄마 같은 아주머니가 거구의 몸을 이끌고 오르내려야 한 데다 나중에 사망하고 나서도 시신을 옮기지 못했으니 엘리베이터가 없는 건물 7층에 산다는 게 당연히 문제가 될 수밖에 없었겠다. 반면 『멋진 신세계』야 알다시피 미래소설이니 "겨우 34층밖에 안 되는 나지막한 잿빛 건물"이라고 표현할 만하고.

신축 연립의 경우에만 집값의 90퍼센트 이상을 은행에서 대출해 주는 이른바 역모기지 제도의 도움으로 겨우 두 노인과 내가 거처할 곳을 구했다. 처음엔 2층으로 할까 하다가 3층에 올라가서야 빛이 환하게 들기에 3층으로 정했다. 당연히 엘리베이터는 없었다. 그런데도 3층으로 정하는 데 나는 물론 두 분도 이의가 전혀 없었다.

그러다 어머니가 수술을 받고 편마비를 얻은 채로 퇴원했을 때 가장 문제가 된 건 집이 엘리베이터가 없는 연립주택 3층이라는 사실이었다. 난감했다. 실제로 퇴원해서 집에 왔을 때 어머니가 안방까지 들어와 눕는 데 30분도 더 걸렸다.

그러다가 본격적인 운동을 시작하게 되자 이번엔 엘리베이터가 없는 게 다행이다 싶어졌다. 어쩔 수 없이 계단을 오르내려야 했으니 그 자체로 엄청난 운동 효과를 볼 수 있었기 때문이다.

지금은 집 앞에 새로 짓는 연립주택에 엘리베이터가 있다는 얘기를 어머니를 통해 종종 듣곤 한다.

엘리베이터가 없는 3층이 아무런 문제가 되지 않았다가, 가장 난감한 문제로 부각되었다가, 차라리 다행이다 싶어졌다가, 다시 맥 빠지게 만드는 현실이 되고 만 셈이다.

옛 애인의 결혼식 날,
사람들은 뭘 할까?

정이현, 『달콤한 나의 도시』, 문학과지성사, 2006.

옛 애인의 결혼식은 아니지만 선배 결혼식에 참석했다가 부케를 받은 적이 있다. 오랫동안 중국에 살면서 그곳에 생활 기반을 마련한 신랑이 중국에서 만난 중국인 신부와 함께 한국 교회에서 올리는 결혼식이었다.

문제는 기념촬영 과정에서 불거졌다. 신랑 신부가 양가 부모와 함께 촬영할 때는 별문제가 없었는데 친구들이 호명되고 우르르 나가 줄지어 서고 보니, 이런, 신부 측 하객이 없었다. 어차피 중국에서 생활을 할 계획인 데다 그쪽에서 따로 결혼식을 치를 예정이어서인지 신부 쪽 친구들이 동행하지 않았던 것이다. 이상할 것도 없다. 지극히 자연스러운 현상이었다. 신랑 신부 양쪽에 나누어 선 하객 중 누군가가 걱정스러운 목소리로 한마디 내뱉을 때까지는. "그럼…… 부케는 누가 받지?"

이건 자연스럽지 못하다. 최소한 관행상 그렇다. 아주 잠깐 실랑이가 벌어졌고, 그 와중에 나도 모르게 한 발을 내딛고 말았다. 사진을 찍기 위해 나와 선 사람들 중 미혼자는 나 하나뿐일 거라고 착각했던 것이다. 어차피 남자가 받아야 할 거라면 그나마 미혼자가 받는 게 낫지 않을까 싶었던 것.

모든 위반은 사후적이라는 말은 적확하다. 금기는 그 선을 넘고 난 이후의 상황이 상상 가능할 때 비로소 효력을 띠는 거니까. 한 발을 떼고 보니 중년의 남자가 부케를 받는 상황이 상상도 못 할 일은 아니었다.

오히려 새로운 상상이 가능해졌다. 신부가 예비신랑에게 전해 준 부케를 자신의 신부에게 전하고 그 신부는 또 다른 예비신랑에게 전하는 게 더 자연스럽지 않겠나 하는 상상. 어쨌든 요즘이야 어떨지 몰라도 내 나이 대에선 평생 하기 어려운 경험을 해 본 셈이다.

●이름 1

훗날, 대극장을 설계한 건축가에 의해
처음 그 존재가 알려져 세상에 흔히
'붉은 벽돌의 여왕'으로 소개된 그 여자
벽돌공의 이름은 춘희春姬이다.

천명관, 『고래』, 문학동네, 2004.

내 이름은 소라.

황정은, 『계속해보겠습니다』, 창비, 2014.

내 이름은 김정선이다. 하지만 외주 교정자로 일하면서 편집자들에게 이름 대신 '이모부'라는 별명으로 불리곤 했다. 젊은 편집자들이 나이 많은 외주 교정자에게 선뜻 아무개 씨라고 부르기가 못내 찜찜했던지 궁여지책으로 만든 별칭이었다. 이름을 부르고 이름으로 불리는 게 왜 찜찜한 건지 모를 일이었지만, 한국 사회에서, 나이가 한참 적은 상대에게, 그냥 편하게 아무개 씨라고 불러도 괜찮습니다 하고 말하는 것도 이상해서, 그냥 이모부가 되었다.

거래하는 출판사에 신입 편집자가 들어왔다. 전후 사정을 모르는 신입 편집자가 교정지 봉투에 '임호부 님께'라고 적어서 내게 건넸다.

"이건 제가 가져갈 교정지가 아닌 모양인데요?"

"그럴 리가요? 맞는데요. 여기 임호부 님 이름이 적혀 있잖아요."

"예? 아 이런······."

사람들이 이모부라고 부르는 걸 듣고는 진짜 이름이 '임호부'라고 착각한 것이다. 그렇게 나는 '임호부'라는 또 다른 이름을 얻게 되었다. 나중에 친구와 둘이 뚱땅거리며 내 첫 책을 만들 때, 나는 '임호부'라는 필명을 썼고 책 제목도 '이모부의 서재'라고 붙였다.

우리 아버지의 성_姓은 피립이고 내 세례명은
필립이었는데, 어린아이 적 내 짧은 혀는
이 이름과 성을 '핍' 이상으로 길게도
분명하게도 발음하지 못했다.

찰스 디킨스, 이인규 옮김, 『위대한 유산』, 민음사, 2009.

내 이름을 이슈메일이라고 해 두자.

허먼 멜빌, 김석희 옮김, 『모비딕』, 작가정신, 2011.

두 번째 책부터는 내 이름을 되찾았다. 그런데 이번엔 성별이 문제였다.

김정선. 여자 이름 같은 모양이다.

『동사의 맛』은 물론 『내 문장이 그렇게 이상한가요?』의 독자 평에 저자를 여자로 착각하는 내용이 심심치 않게 등장했다. 강연을 의뢰받고 강연장에 가서도 '어머, 남자분이네요' 하는 반응과 자주 맞닥뜨리곤 했다.

그러던 어느 날 출판사 대표에게 메일을 받았다. 젊은 만화가가 『동사의 맛』을 만화로 그려 보고 싶다고 연락해 왔다는 내용이었다. 샘플 만화를 파일로 첨부했다기에 열어 보았더니 책의 화자로 등장하는 내가 쉰 살의 귀여운 아줌마로 그려져 있었다.

●병원

병원 대기실 의자에 앉아 있을 때만큼
시간이 더디 흘러가는 경우는 없다.

고종석, 『해피 패밀리』, 문학동네, 2013.

뤄 독찰督察은 병원 냄새를 싫어했다.

찬호께이, 강초아 옮김, 『13.67』, 한즈미디어, 2015.

정기적으로 병원 대기실 의자에 앉게 된 지 어느덧 십수 년이다. 내 어머니 이름이 불릴 때까지 기다리고 기다리고 또 기다리는 시간들이었다. 앞으로 또 얼마나 이어질지 모를 시간들이기도 하고. 과를 바꿔 가며 입퇴원을 반복하다 보니 기다리는 곳도 기다리는 시간도 모두 조금씩 달라졌지만, 그래도 내가 기다리며 앉아 있어야 하는 곳이 시간과 냄새가 갇힌 채로 맴돌기만 하는 병원이라는 사실에는 변함이 없었다.

어쩐지 일상이 지워진 곳처럼 보여서일까. 아픈 몸은 물론 무기력해진 마음도 시간이나 냄새가 통과하지 못할 만큼 꽉 닫혀 있어서일까. 꽃이 만발한 봄에도 버들가지 축축 늘어지는 여름에도 나뭇잎에 불이 붙는 가을이나 눈꽃이 피는 겨울에도 시간은 창밖으로만 흐를 뿐 병원 안에는 흐르지 않고, 냄새의 변화 또한 그저 창밖 세상일일 뿐 병원과는 무관한 듯하다. 병원을 나서야만 비로소 다시 숨을 쉴 수 있고 시간의 변화도 감지할 수 있는 것 같다면 과장일까.

아무려나 오늘도 나는 병원을 나서면서 혼자 중얼거린다.

정말, 병원이 싫어.

오늘 엄마가 죽었다.

알베르 카뮈, 김화영 옮김, 『이방인』, 민음사,
2011.

"오늘 엄마가 죽었어요……."

미셸 깽, 김예령 옮김, 『겨우 사랑하기』,
문학세계사, 2003.

어머니가 4월 7일 월요일에
돌아가셨다.

아니 에르노, 정혜용 옮김, 『한 여자』,
열린책들, 2012.

부음訃音. 죽음을 알리는 소리다. 전하는 자나 듣는 자 모두 숙연해질 수밖에 없는 소리.

어머니가 심장(심근경색)과 머리(뇌경색)에 모두 시한폭탄을 지닌 채 살게 된 뒤로는 창졸간에 부음을 전하는 내 모습을 종종 그려 보곤 한다. 꼭 전해야 하는 사람들에게 전화를 하거나 문자를 해야 할 텐데, 어떻게 전해야 할지 매번 가리사니가 서지 않는다. 소설의 첫 문장에서 이렇게 부음 같은 문장들을 접하면 더 막막해진다.

어릴 적에, 큰고모부가 돌아가셔서 아버지와 함께 문상을 간 적이 있다. 상주인 큰형님이 삼베옷에 굴건을 쓰고 머리에 새끼줄을 두른 채 지팡이를 짚고 서서 아이고, 아이고 하며 곡을 하던 모습이 인상적이었다.

그 시절에는 부음을 어떻게 전했을까? 대부분 집에서 돌아가셨을 테니 가족들이 오열하는 소리며 대문에 걸리는 근조謹弔 등이 부음을 대신하지 않았을까. 멀리 있는 친인척에게 전보를 치는 게 고작이었겠지. 지금처럼 단체 문자 같은 걸로 죽음을 전하는 일은…… 상상하기 어려웠으리라.

아무려나 나도 언젠가는 이런 문장을 쓰거나 말해야 할 때가 오겠지.

'오늘…… 엄마가 죽었다.'

나는 내 아버지의 사형집행인이었다.

정유정, 『7년의 밤』, 은행나무, 2011.

내가 아버지를 죽인 것은 아니었지만,
때로는 아버지의 죽음을 도운 것은
아닐까 하는 느낌이 들었다.

이언 매큐언, 손홍기 옮김, 『시멘트 가든』, 열음사, 2005.

공포증은 영어로 포비아라고 부르는 증상이다. 호모포비아나 제노포비아처럼 사회적인 현상을 가리킬 때도 쓰지만, 폐소공포증이나 고소공포증처럼 개인적인 증상을 가리킬 때도 쓴다.

내게도 공포증이 하나 있다. 어릴 땐 공포증인지도 몰랐다가 성인이 된 뒤에야 비로소 알게 된 공포증. 처음에 접한 이름은 모서리공포증이었는데 요즘은 첨단공포증이라고 부르는 모양이다. 첨단尖端이 첨단기술尖端技術이라고 쓸 때도 붙지만, 그 자체로 '뾰족한 끝'을 뜻한다니 그럴듯하다 싶다.

벽에 액자를 거는 것은 물론 지도나 포스터 같은 걸 붙이는 것도 싫어한다. 책상이나 거울 같은 가구를 고를 때도 모서리가 둥글게 처리됐는지를 꼭 따진다. 그리고 어디를 가든 되도록 뾰족한 모서리는 보지 않으려고 애쓴다.

텔레비전 예능 프로그램을 보다가 심리학자가 나와 첨단공포증에 대해 설명하는 걸 들었다. 뾰족한 걸 똑바로 쳐다보지 못하는 건 내가 날카로운 것으로 누군가를 찌르고 싶은 갈망을 직시하지 못하는 심리의 표현이며, 그 대상은 대개 아버지인 경우가 많다고. 말도 안 되는 소리 하고 있네 하고 반응해야 했는데…… 그러지 못했다.

●쉰
─

그는 이혼까지 한, 쉰둘의,
남자치고는, 자신이, 섹스 문제를
잘 해결해 왔다고 생각한다.

존 쿳시, 왕은철 옮김, 『추락』, 동아일보사, 2000.

쉰 살이고, 여자와 잠을 같이 잔 지
4년도 넘었을 때였다.

찰스 부코스키, 박현주 옮김, 『여자들』, 열린책들,
2012.

쉰 살이 넘었다. 백세 시대라고 하니 이제 겨우 반환점을 지난 셈이다. 마흔을 넘겼을 때 인생의 반환점을 지났으려니 했는데, 무슨 반환점이 자꾸만 뒤로뒤로 밀려나는지 모르겠다. 이러다가는 결승점은커녕 반환점만 맴돌다가 인생이 끝나 버릴는지도.

쉰 살을 넘길 때의 기분은 서른이나 마흔을 넘길 때와는 좀 달랐다. 뭐랄까, 이제는 내가 설령 사고로 죽는다 해도 아까운 나이에 죽었다고 안타까워할 나이는 더 이상 아니라는 생각이 들었달까. 말하자면 삶과는 더 멀어지고 죽음과는 훨씬 가까워졌다는 걸 실감한 셈이다.

그러니 저런 문장에 낀 '쉰'을 접하면 섹스니 여자와의 잠자리니 하는 것들이 어떻게든 삶 쪽으로 더 다가가려고 발버둥 치는 것처럼 보여 못내 안쓰럽기만 하다.

●아내

재산깨나 있는 독신 남자에게
아내가 꼭 필요하다는 것은 누구나
인정하는 진리다.

제인 오스틴, 윤지관·전승희 옮김, 『오만과
편견』, 민음사, 2003.

'아내 문제'의 해법을 발견한 것 같다.

그레임 심시언, 송경아 옮김, 『로지 프로젝트』,
까멜레옹, 2013.

딘을 처음 만난 것은 아내와 헤어지고
얼마 되지 않아서였다.

잭 케루악, 이만식 옮김, 『길 위에서』, 민음사, 2009.

나이 든 독신 남성이지만 재산이랄 만한 게 없으니 내게도 아내가 필요하다고 하면 그건 일단 "누구나 인정하는 진리"는 못 되겠다. 그 "누구나"에 나도 포함되는 건 물론이고. 그뿐인가. 아내가 필요하지 않으니 '아내 문제'의 해법을 가지고 고민할 이유도 없을 터이고, 당연히 아내와 헤어질 일도 없겠다.

　이렇게 생각하니 홀가분하기도 하지만 달리 생각하면 '아내 문제'가 과연 남편들만의 문제일까 싶기도 하다. "재산깨나 있는 독신 남자"는 혹여 사회에서 주류를 자청하는 사람들을 가리키는 건 아닐까. 그렇다면 이건 단순히 남편과 아내의 문제라기보다 권력을 가진 남성들과 그렇지 못한 여성들의 문제가 되는 것 아닌가. 여성들에게도 아내가 필요하다는 말이 "누구나 인정하는 진리"가 못 되는 걸 보면 말이다.

● 분노

그해 겨울, 나는 추상적인 분노에
사로잡혀 있었다.

엘리오 비토리니, 김운찬 옮김, 『시칠리아에서의
대화』, 민음사, 2009.

나는 충분히 싸울 준비가 되어 있었다.

이수진, 『취향입니다 존중해주시죠』,
웅진지식하우스, 2013.

추상적인 분노를 텅 빈 분노로 바꿔 말할 수 있을까?

제어할 수 없는 분노 때문에 잠 못 이뤘던 적이 있다. 길을 걷다 우뚝 멈춰 서서 부르르 몸을 떨기도 했고, 앞에 걷던 사람이 갑자기 뒤돌아서서 나를 향해 칼을 겨눌 것 같다는 망상 때문에 괴로워하기도 했다. 새벽녘에 잠에서 깨어 방 안을 서성이며 누군가를 가장 잔인한 방법으로 죽이는 상상을 하기도 했고.

제법 오랫동안 힘들어했다. 나중에 알았다. 그 분노가 터져버리거나 해소되지 못하고 그토록 지지부진하게 이어진 이유를. 그건 구체적인 대상이 없는 텅 빈 분노였기 때문이었다. 아니 어쩌면 텅 빈 분노처럼 보여야 했는지도 모른다. 분노라는 칼끝이 향해야 할 곳이 다름 아닌 나 자신이라는 걸 숨기기 위해서.

결국 나는 텅 빈 분노 뒤에 숨어 그 분노가 나와 싸우지 않도록, 말하자면 나를 해치지 않도록 막았던 것이다.

오전 9시의 담배는 절망감의 표현이다.

수키 킴, 이은선 옮김, 『통역사』, 황금가지, 2005.

딱 하고 성냥 긋는 소리, 뒤이어 치직
타들어 가는 소리에 나는 바로 잠이 깼다.

주디 블런델, 김안나 옮김, 『그 여름의 거짓말』,
문학동네, 2013.

담배에 감정을 담으면서였지 아마. 죽을 때까지 담배를 끊을 수 없으리라는 예감이 들기 시작한 게. 그렇잖아. 절망감이니 허무니 공허함이니 하는 감정들이 그 몽롱한 연기와 연결돼 있다고 여기면 어디 끊을 엄두조차 낼 수 있겠어. 죽을 때까지 붙어 다닐 감정들인데.

게다가 내겐 담배를 맛있게 피우는 게 곧 감정을 맛있게 태워버리는 것이었거든. 딱 하고 성냥 긋는 소리에 잡스러운 마음들이 움직임을 멈추면 이윽고 치직 타들어 가는 소리가 들리는데, 그 순간 나도 어쩌지 못하는 마음들이 조금씩 조금씩 타들어 가는 듯했달까.

그런데, 어느 날부터 더 이상 담배에 감정을 담을 수 없게 되었어. 끽연이라는 말 그대로 그저 연기를 들이마시고 내뱉는 단순한 행위에 지나지 않게 되었달까. 담배를 끊고도 미련이 생기지 않는 이유지. 더는 아무것도, 심지어는 절망감도 표현하지 못하는 메케한 연기를 몸 안에 담아 둘 필요는 없으니까.

● 방

나는 어머니의 방에 있다.

사뮈엘 베케트, 김경의 옮김, 『몰로이』,
문학과지성사, 2008.

머릿속에 작은 방을 하나 만든다.

이장욱, 『천국보다 낯선』, 민음사, 2013.

작은 방을 얻었다. 화장실도 있고 부엌도 있다. 그렇다고 원룸은 아니고 다가구주택에 딸린 살림집이다. 실제로 아이가 있는 부부가 썼던 방이라고 했다. 천장에서 풍선을 든 곰인형들이 하늘을 날고 있었다. 서울 동북쪽 끄트머리에 싼값에 나온 방이었다. 방을 구경한 날 바로 계약했다. 햇빛 잘 들고 이런 집치고 퀴퀴한 냄새도 별로 나지 않고 무엇보다 내가 바라던 집이었다. 조용한 동네에 시장 가깝고, 이른바 '옵션'이니 주차 공간이니 다 필요 없으니 원룸보다 좀 넓게 쓸 수 있는 집. 딱이었다.

계약하고 온 다음 날 어머니가 혈변을 보는 바람에 응급으로 입원을 했다. 코피만 쏟아도 응급실 중환자 구역에 배정되는 환자인데 혈변이라니. 결국 보름 가까이 입원하며 이런저런 검사에 시술까지 받았다. 보조 침대에서 간병을 하는 내내 어머니한테서 심한 구취가 났다. 이런 적이 없어서 이상하다 싶었는데, 알고 보니 그건 구취가 아니라 피비린내였다. 변기 하나 가득 피를 쏟아 내곤 했으니 냄새가 안 날 수 없었던 것. 장 속에서 나온 피에서 비린내가 가장 심하다던가.

퇴원하는 날 어머니를 아버지에게 인계하고 가방 두 개에 간단히 짐을 싸서 전철을 갈아타 가며 계약한 집으로 갔다. 근처 만물점에서 이불이며 요, 청소 도구 따위를 사 와서 대충 치우고 그날 밤 혼자 내 방에 누웠다. 그토록 오랫동안 바랐던 독립이었는데 해방감이라기보다는 어딘가에서 도망쳐 나온 기분이 들었다. 정확히 어디서 도망친 건지는 알 수 없었다. 집인지 노부모인지 오랜 간병 생활인지 아니면 다른 방에 살던 나인지. 좀처럼 잠이 오지 않아 천장에서 풍선을 든 채로 하늘을 날고 있는 곰인형들을 오랫동안 쳐다보았다.

하루하루가 너무도 조용히
지나가고 있었다.

토니 모리슨, 이상영 옮김, 『가장 푸른 눈』,
백양출판사, 1993.

일상은 점점 하찮은 것이 되어 갔다.

베른트 슈뢰더, 박규호 옮김, 『요하네스와
마르타의 특별한 식탁』, 제이앤북, 2004.

조용히 지나가는 하루하루가 곧 일상이리라. 하찮은 일상.

　방을 얻고 나서야 나는 알았다. 내가 바랐던 것이 조용히 하루하루가 지나가는 바로 그 하찮은 일상이었다는 것을.

　실제로 혼자 지내는 하루하루는 참으로 조용했다. 동네도 조용하기 그지없어서 겨울에 문을 닫고 있으면 어떻게 하루가 지나갔는지도 모를 정도였다. 밖에 나가도 크게 다르지 않았다. 시장을 돌아다니고 머리를 깎고 목욕을 하고 순댓국을 사 먹고 장을 봐 와서 반찬을 만들고 김치를 담그고…….

　그렇게 하루하루가 조용히 하찮게 지나갔다. 일상이 점점 하찮은 것이 되어 가는 나날들. 내가 그토록 바라던 것이었다. 내 안의 저 요란한 아우성들을 잠재울 수 있는 조용한 나날들.

오늘은 최악이다.

이인화, 『내가 누구인지 말할 수 있는 자는
누구인가』, 세계사, 1992.

시간만큼은 오랫동안 깊이
생각하고 난 뒤에야 겨우
'오늘'이라고 설정할 수 있었다.

잉에보르크 바흐만, 남정애 옮김, 『말리나』,
민음사, 2010.

오늘 나는 서울시 성북구 하월곡동 소재 성가병원 산부인과에서 새벽 1시에서 1시 30분 사이에 태어났다. 어머니는 내가 태어나고 난 뒤 벽에 걸린 괘종시계가 땡 하고 한 번 치는 소리를 들었다면서 1시라고 주장하고, 아버지는 그건 1시 30분을 알리는 소리였노라고 정정하며 싸웠다.

오늘 나는 의정부 306 보충대를 통해 입대했다. 정밀 신체검사를 받는데 군의관이 손가락을 내 사타구니 안으로 쑥 밀어 넣더니 이리저리 휘저었다. 됐다. 일어나. 저기, 너 말이야, 안 올 데를 온 거 같다. 그런데 머리도 이미 다 깎았는데 다시 돌아가서 방위 받는 건 쪽팔리지 않겠냐? 군대 가면 재발한 탈장 싹 수술해 줄 텐데. 기왕 여기까지 온 거 그냥 가라. 예, 알겠습니다!

오늘 나는 보호자 대기실에서 자다 아침에 호출을 받고 중환자실로 불려 올라갔다. 의사는 어제 심장 수술을 받은 어머니가 왼쪽을 전혀 움직이지 못한다면서 빨리 시티를 찍으러 내려가야 한다고 나를 채근했다. 정신없이 어머니 침대 한쪽을 부여잡고 엘리베이터를 타고 아래층으로 내려갔다. 어디로 내려가는지도 모르고 하염없이 아래로 아래로 내려갔다.

오늘 나는 시장에서 동태 두 마리와 무, 쑥갓 등속을 사 와서 동태찌개를 끓였다.

오늘 나는…….

내가 이 세상에서 가장 좋아하는
장소는 부엌이다.

요시모토 바나나, 김난주 옮김, 『키친』,
민음사, 1999.

외출을 할 때는 방 창문을 닫고 방문은 열어 놓은 채 복도식으로 이어지는 좁은 거실을 지나면서 왼쪽의 화장실을 살피고, 부엌과 마주보고 있는 현관문 앞에서 신발을 신는다. 부엌의 창문은 환기를 위해 열어 둔다. 신발을 챙겨 신고 마지막으로 한 번 휘 둘러보는데 부엌 한쪽 구석에 놓인 전기밥솥의 타이머가 눈에 들어온다.

45.

밥을 한 지 마흔다섯 시간이 지난 것이다.

한여름 폭염 속에서는 도무지 밥을 할 엄두가 나지 않아 아침은 건너뛰고 점심은 근처 열무국숫집에서, 저녁은 도서관 식당에서 사 먹으며 버텼다. 가을바람이 솔솔 불기 시작하면서 다시 밥을 해 먹었는데, 날이 선선해지길 기다렸다는 듯 점심이며 저녁 약속이 이어지다 보니 미처 집에 해 놓은 밥을 챙겨 먹지 못했던 것.

전기밥솥 뚜껑을 열어 보니 다행히 밥 상태는 아직 괜찮아 보였다. 지인에게 문자를 보냈더니 아이고 하며 나보다 더 안타까워한다. 오늘은 무슨 일이 있어도 집에 와서 저녁을 먹어야겠구나 하고 나서는데 지인이 다시 문자를 보내왔다.

"바람이 시원하네요. 가을바람이에요. 약속 해치우고(그런 기분일 것 같아요) 출판사도 들르고……. 그리고 가을바람 맞으면서 집에 와요. 오래된 밥이 기다리는 집으로요."

오래된 밥이 기다리는 집이라……. 내 집이 어쩐지 더 웅숭깊어진 느낌이다.

그는 홀로 술을 마셨다.

존 스티클리, 박슬라 옮김, 『아머: 개미전쟁』,
구픽, 2016.

담배는 거의 30여 년을 피우다가 끊었지만, 술은 아버지를 닮아 처음부터 전혀 못했다. 소주 한 잔만 마셔도 온몸이 독이 오른 것처럼 벌겋게 되곤 했다. 사십 대 중반쯤이었나. 이상하게 술이 당겼다. 갈증이 나도 물 대신 맥주가 생각났고. 알다가도 모를 일이었다. 그렇게 소주 한 잔이 반병이 되고 한 병이 되었다. 죽을 때가 되면 몸과 마음이 갑자기 변하는 수가 있다는데 이러다 죽는 건가 싶기도 했다. 뭐 죽을 때 죽더라도 지인들과 어울려 소주 한잔 기울일 수 있어서 좋았다. 술자리에선 늘 꿔다 놓은 보릿자루처럼 앉아 있어야 했는데 말이다.

그러다 담배와 커피를 끊은 뒤로 술도 예전처럼 거의 못하게 되었다. 다시 돌아간 것이다. 다만 혼자 천천히 마시면 소주 반병 정도를 마실 때는 있다.

집 앞 골목에 순댓국집이 있다. 지금 사는 곳으로 이사 와서 첫 식사를 해결한 곳이다. 아직 밥솥도 구입하지 못해 밥을 해 먹을 수 없을 때였다. 그 인연으로 가끔씩 찾곤 한다. 저녁 무렵 순댓국 한 그릇 시키고 소주 한 병 달라고 해서 반주로 천천히 반 병 정도 마신다. 혼자 앉아 소주잔에 소주를 따르면서 국밥집 문밖으로 펼쳐진 골목 풍경을 내다보노라면 이상하게 마음이 편해진다. 그 맛에 술도 못 마시면서 자꾸 가는지도 모르겠다. 아니면 벌게진 얼굴로 소주가 반 넘어 남은 소주병을 들고 터덜터덜 집으로 걸어오는 시간이 좋아서 그런지도 모르고.

4장 다시 읽는 첫 문장

자, 이야기를 계속해 봐.

최제훈, 『일곱 개의 고양이 눈』, 자음과모음, 2011.

이 이야기가 어디서부터
시작되었는지 기억해 보려고 한다.

크리스토퍼 프리스트, 김상훈 옮김, 『매혹』, 열린책들, 2006.

시작은 언제나 계속된다. 이야기가 그치지 않고 계속되는 것도 그 때문인지 모른다. 삶과 달리 이야기는 내가 시작을 알릴 수 있기 때문이다. 게다가 언제든 다시 시작할 수도 있다. '어디서부터 이야기를 시작해야 좋을지 모르겠다'라는 말로 시작될 때, 이야기는 이미 자신이 삶과 얼마나 다른지 알려 주는 셈이다. 어디서부터 삶을 시작해야 좋을지 모르겠다고는 말할 수 없으니까.

정작 삶에서는 시작이 그다지 의미 없는지도 모른다. 다시 시작할 수 없기 때문이다. 다시 시작할 수 없는 시작은 의미가 없으니까. 시작이 의미 있으려면 언제든 다시 시작할 수 있어야 한다. 이야기의 끝에서 다시 시작으로 되돌아오듯. 그러니 어쩌면 소설의 첫 문장은 시작이면서 동시에 다시 시작되는 시작을 나타내는 문장일는지도.

자, 그런 의미에서 다시 시작해 볼까. 다시 살 수 없으니 이야기라도 다시, 그치지 말고, 계속…….

어느 날에는 삶이 있다.

폴 오스터, 황보석 옮김, 『고독의 발명』,
열린책들, 2001.

어느 날, 공중 집회소의 홀에서
한 남자가 나에게 다가왔을 때,
나는 이미 노인이었다.

마르그리트 뒤라스, 김인환 옮김, 『연인』,
민음사, 2007.

'어느 날'은 조용히 지나가는 일상의 하루이면서 동시에 일상에서 벗어난 아주 특별한 날이기도 하다. 다만 두 가지 성격을 동시에 갖추어야 하기에 특정 날짜가 부여된 날이어서는 곤란하다. 하찮게 지나가는 일상 중 하루이면서 그 하찮음을 오롯이 드러내 주는 날이기도 한, 뭐 그런 날이어야 하니까. 하찮다는 뜻을 전하는 형용사 '하찮다'가 전혀 하찮지 않은 것처럼 하찮으면서도 하찮지 않은, 그런 날.

　소설이 기사나 전기와 다른 점은 '어느 날'에 벌어진 이야기를 들려준다는 점이 아닐까. 아무리 특정 날짜를 입힌다 해도 소설의 이야기는 모두 그저 어느 날에 벌어진 이야기일 뿐이다. 그 어느 날이 내가 지금 서울 동북쪽에 얻은 허름한 방에서 조용히 흘려보내는 하루하루 중 한 날일 수도 있다는 것이 소설에 빠져들게 만드는 매력이 아니겠는가.

'지금이 바로 복도에서 발소리가
들려올 만한 순간이지', 베르나르는
속으로 생각했다.

앙드레 지드, 권은미 옮김, 『위폐범들』,
문학과지성사, 2012.

누군가 문 앞을 바삐 달려가는
발소리가 났을 때, 다이스케代助의
머릿속에는 하늘에 걸려 있는
커다란 나막신이 떠올랐다.

나쓰메 소세키, 노재명 옮김, 『그 후』, 현암사, 2014.

누군가의 기척, 특히 발소리.

발걸음이 내는 소리니 발걸음 소리겠다. 발자국 소리는 아무래도 이상하다. 자국은 소리를 내지 않으니까.

문밖에서 누군가의 발소리가 들려온다면, 아무개가 왔군 하고 반기거나, 누구지? 하고 저도 모르게 숨을 죽이거나 할 터이다.

어느 쪽이 되었든 누군가의 존재감을 이보다 더 강렬하게 의식할 때도 없으리라. 왜 아니겠는가. 누군가의 기척에 온몸이 통째로 귀가 되어 반응하는 순간인데.

지드의 주인공은 그 발소리를 기다리며 혼자 생각에 빠지고, 소세키의 주인공은 커다란 나막신을 떠올린다. 아무래도 소세키의 주인공이 들은 발소리가 더 느닷없고 요란했던 모양이다. 커다란 나막신이 내는 소리라. 과연, 신경을 쭈뼛 서게 만들 만한 소리였겠다.

느닷없는 그 발소리, 발기척.

삶에는 마치 나병처럼 고독 속에서
서서히 영혼을 잠식하는 상처가 있다.

사데크 헤다야트, 배수아 옮김, 『눈먼 부엉이』,
문학과지성사, 2013.

내면의 풍경이란 게 있다.

조세핀 하트, 공경희 옮김, 『데미지』, 그책, 2011.

영화 『데미지』의 마지막 장면이 떠오른다. 남자 주인공 역의 제러미 아이언스가 반바지에 샌들 차림으로 검은 비닐봉지를 들고 어스름이 깔린 언덕길을 터덜터덜 걸어 허름한 숙소로 돌아가는 장면. 검은 비닐봉지에는 아마도 간단한 저녁거리가 담겨 있었으리라. 변변한 가구조차 없는 숙소 한쪽 벽에는 여주인공 역을 맡은 쥘리에트 비노슈의 대형 사진이 걸려 있었다. 어쩐지 두 사람의 황량한 내면 풍경처럼 보였던 그 마지막 장면.

"삶에는 마치 나병처럼 고독 속에서 서서히 영혼을 잠식하는 상처가 있다." 그리고 어떤 사랑은 실제로 '고독 속에서 영혼을 잠식하는 상처'라고 불러 줄 만하다. 잠식蠶食이라는 말 그대로 누에가 뽕잎을 갉아먹듯 욕망이 영혼을 야금야금, 쉬지 않고 갉아먹으니까.

그 소문을 들은 때는 확실히 1664년
9월 초순이었다.

다니엘 디포, 박영의 옮김, 『전염병 연대기』,
신원문화사, 2006.

이 기록의 주제를 이루고 있는
이상한 사건들은 194X년에
오랑에서 발생했다.

알베르 카뮈, 이휘영 옮김, 『페스트』, 문예출판사,
2012.

연도에 주목해야 한다. 1664년과 194X년. 그러니까 두 문장은 300년 가까이 떨어져 있는 셈이다. 다른 쪽의 300년은 어떨까. 1664년에서 앞으로 300년쯤 당겨 보면 또 다른 소설이 나온다. 『데카메론』.

세 소설의 공통점은 페스트가 모티프가 되어 쓰였다는 것. 거의 600여 년에 걸쳐 이탈리아와 영국, 프랑스에서 페스트와 관련한 소설이 쓰인 셈이다.

세 소설 중 가장 인상적인 건 단연 대니얼 디포의 것이다. 아무래도 실제 사건을 묘사했으니 그럴 수밖에.

격리되었던 환자들이 고통을 참지 못하고 알몸으로 도망 나와 밤거리를 달려서는 시체들이 묻힌 구덩이를 찾아 주저 없이 뛰어드는 장면은, 좀처럼 잊히지 않는다. 그야말로 죽음을 향한 한밤의 질주인 셈인데, 더 충격적인 건 구덩이 안에 던져진 게 시체들만이 아니라는 것. 산 채로 던져진 환자들이 구덩이 안에서 이미 죽은 시신이나 아직 죽지 않은 다른 환자들과 뒤엉킨 채로 죽음을 기다리는 장면은 잊으려야 잊을 수 없을 만큼 충격적이었다.

K는 밤늦은 시각에 도착했다.

프란츠 카프카, 홍성광 옮김, 『성』,
펭귄클래식 코리아, 2008.

이 소설에 낮이 있었던가. 워낙 미로 같은 동굴을 헤매고 다니는 이야기 같아서 그런지 낮을 묘사한 장면이 좀처럼 기억나지 않는다. 그래도 분명히 기억하는 건 첫 문장과 이어지는 묘사들이다. 눈 속에 파묻힌 마을, 안개와 어둠에 둘러싸인 성, 어둠 속 나무다리 위에서 잠시 허공을 쳐다보던 K, 여인숙 주인이 가져다준 짚 매트리스, 휴게실 난롯가에서 맥주를 마시던 농부들, 그 곁에서 짚 매트리스를 깔고 잠을 청하는 K, 훈훈한 실내와 조용한 농부들 그리고 아무도 외지에서 온 방문자를 신경 쓰지 않는, 눈과 어둠에 파묻힌 마을에서, 스르르 몰려오는 잠. 마치 눈이 녹듯 안으로 안으로 스며드는…… 잠.

●면도

당당하고, 통통한 벅 멀리건이
거울과 면도칼이 엇갈려 놓여
있는 면도 물 종지를 들고, 층층대
꼭대기에서 나왔다.

제임스 조이스, 김종건 옮김, 『율리시스』,
생각의나무, 2007.

물에 헹군 면도날을 다시 넣고
면도기를 잠근 기노시다 히데요는
세면기에 물을 받아 턱과 볼에 묻은
거품을 씻었다.

복거일, 『비명碑銘을 찾아서』, 문학과지성사,
1987.

하나는 도저한 물결 같은 큰 흐름의 역사보다 모세혈관 같은 지극히 미세한 일상에 초점을 맞춘 소설의 첫 문장이고, 다른 하나는 큰 흐름의 역사라는 물결을 다른 방향으로 틀어 버린 이른바 대체 역사를 다룬 소설의 첫 문장이다.

두 소설 다 핵심은 시간이다. 하나는 1904년 6월 16일 단 하루 동안 벌어진 일을 천이백 쪽이 넘는 엄청난 두께의 소설책에 담았고, 다른 하나는 1900년대 초부터 1980년대 말까지 약 80년 가까운 시간을 두 권의 소설책에 담았다. 그러니 한쪽은 소설에 그려진 시간보다 소설을 읽는 시간이 더 길고, 다른 하나는 그 반대다. 말하자면 한쪽이 다루는 게 단 하루의 역사라면 나머지 하나가 다루는 건 하루에 읽는 역사랄까. 그것도 대체된 역사.

어쩐지 서로의 안쪽과 바깥쪽 또는 구심력과 원심력 같은 두 소설이 모두 면도를 하는 장면으로 시작한다는 게, 우연이겠지만, 믿기지 않을 정도로, 신기하다.

지하철이 아야세 역을 출발할
무렵부터 비가 내리기 시작했다.

미야베 미유키, 박영난 옮김, 『화차』,
시아출판사, 2000.

녹슨 감정이 또다시 비 오는 날과
맞닥뜨렸다.

류이창, 김혜준 옮김, 『술꾼』, 창비, 2014.

비 오는 날 녹슨 감정은 제 세상을 만난 것처럼 즐거울까 아니면 몸이 삭는 것처럼 고통스러울까.

녹슨 감정의 처지라면 물기를 만나니 즐겁겠지만 그 감정을 품고 살아야 하는 숙주에겐 고통이겠다. 그럼에도 녹슨 감정이 불거질 때 묘한 쾌감을 느끼는 것은 술을 마시거나 담배를 피울 때 쾌감을 느끼는 것과 다르지 않으리라.

그러니 이제 비만 오면 괜스레 감상적이 되거나 차분함을 넘어 우울감에 빠지곤 하는 걸 더 이상 물기 때문이라고 할 수만은 없겠다. 비 오는 날 술이나 담배가 더 당기는 것도 마찬가지고.

문제는 '녹슨 감정'이다. 구석진 곳에 숨어 있다가 비만 오면 검붉게 다시 불거지는 그 오래된 상처 같은 감정.

『화차』와 『술꾼』의 주인공 모두의 마음속에 자리한 '녹슨 감정'을 생각하면 두 소설이 모두 비를 묘사하는 문장으로 시작하는 게 전혀 이상하지 않다. 이제 녹이 어떻게 번져 가며 숙주를 뒤덮는지 생생하게 그려 내는 일만 남은 셈이다. 한 사람은 끊임없이 자신에게서 도망치면서 나머지 한 사람은 끊임없이 술을 마시면서 서서히 녹을 뒤집어쓰는 그 검붉은 이야기를.

비 오는 날, 나는 이 집에 왔다.

아오야마 나나에, 정유리 옮김,
『혼자 있기 좋은 날』, 이레, 2007.

처음 나흘 동안은 계속해서 비가
쏟아졌다.

V. S. 나이폴, 최인자 옮김, 『도착의 수수께끼』,
문학과지성사, 2015.

두 소설 다 주인공이 비 오는 날 거처를 옮긴다. 게다가 한쪽에서는 기다렸다는 듯이 나흘 동안이나 비가 쏟아진다.

한쪽은 이제 갓 스무 살이 된 아가씨고 나머지 한쪽은 중년 남성이다. 한쪽은 제 나라의 수도로 옮겨 가서 쉰 살이나 나이 차이가 나는 먼 친척 할머니와 함께 살게 되는 반면, 나머지 한쪽은 제 나라를 떠나 영국과 미국에서 교육받고 작가로 이름을 날린 뒤 중년이 되어 쓸쓸히 영국의 한 시골, 시간이 멈춘 듯 보이는 중세 장원 같은 시골로 옮겨 가서는 그곳 사람들과 함께 살아간다. 한쪽은 도시 생활이 만화경 같은, 이제 막 고등학교를 졸업한 꿈 많은 숙녀인 반면, 나머지 한쪽은 메트로폴리스에서 끊임없이 주목받는 작가 생활에 지쳐 시골에서 이방인으로 지내며 치유의 길을 찾는 중년 남성이다. 한쪽은 기쁨과 환희에 몸을 떨기도 하고 때로는 상처와 눈물로 얼룩지기도 할 자기만의 삶이 이제 막 펼쳐지려는 순간과 마주하지만, 나머지 한쪽은 이제야 비로소 자기만의 삶이라는 게 어떤 건지 깨닫게 되는 순간과 마주한다. 아무것도 아닌 모든 것이라고 이름 붙일 만한 바로 그 자기만의 삶.

그 아무것도 아닌 모든 것들 사이로 하염없이 비가 내린다.

그래, 이곳으로 사람들은 살기 위해 온다.

라이너 마리아 릴케, 김재혁 옮김, 『말테의 수기』,
펭귄클래식 코리아, 2010.

바로 뒤에 이어지는 문장은 다음과 같다.

"하지만 내 생각에는 이곳에 와서 죽어 가는 것 같다."

살기 위해 왔다가 죽어 가는 곳이라면…… 바로 '이 세상'이 아닌가.

그래, 맞다. 말테가 소설 초반에 문제의 '이곳'에서 처음으로 맞닥뜨리는 사람이 바로 임부였지! 출산이 임박해 보이는 임부가 골목에서 부른 배를 부여잡고 비틀거리는 장면이 이어졌으니까.

그래, 생각난다. "이곳으로 사람들은 살기 위해 온다"는 첫 문장도, 그리고 그 임부도……. 배 속의 아기는 곧 세상 밖 '이곳'으로 나오겠지만 릴케가 소설 속에서 그리는 문제의 '이곳'은 어쩐지 죽음의 그림자가 드리워진 어두운 골목 같기만 했던 것까지.

삶의 시간이 곧 죽음을 향해 가는 시간이라는 걸 이 소설만큼 잘 드러낸 소설이 또 있을까.

그래, 이제, 기억난다.

찌는 듯이 무더운 7월 초의 어느 날
해 질 무렵.

표도르 미하일로비치 도스또예프스끼,
홍대화 옮김, 『죄와 벌』, 열린책들, 2009.

무더운 어느 봄날 해 질 무렵
파트리아르흐 연못가에 두 시민이
나타났다.

미하일 불가코프, 김혜란 옮김, 『거장과
마르가리타』, 문학과지성사, 2008.

두 편의 러시아 소설이 모두 어느 무더운 날의 해 질 무렵 묘사로 시작하는 게 흥미롭다. 닮은꼴이랄까. 소설을 다 읽고 나면 그 흥미가 배가되는 것까지 닮았다.

별 뜻 없이 끼적댄 어느 글에서 "러시아 소설의 시점은 '지평선 시점'이 아닐까"라고 쓴 적이 있는데, 해 질 무렵이야말로 지평선의 시간인 듯싶어 두 소설의 저 첫 문장이 예사롭지 않다.

러시아 소설의 시점을 '지평선 시점'이라고 이름 붙였던 이유는, 곰팡내 풍기는 지하 창고 안에서 누군가의 구차한 인생 이야기를 듣고 있는 것 같은데 정신 차려 보면 어느덧 인간의 보편적인 삶의 이야기들이 우렁우렁 들려오는 광야에서 저 멀리 지평선 너머로 해가 지는 풍경을 바라보고 있는 듯해서였다.

그런 점에서라면 이 두 소설이야말로 해 질 녘 '지평선 시점'으로 쓴 소설이라고 할 만하지 않을까.

점쟁이에게 내 앞날을 점쳐 보고
돌아오던 날 오후, 나는 광화문
한복판에서 기이한 풍경을 만났다.

윤순례, 『아주 특별한 저녁 밥상』, 민음사, 2005.

사람들은 믿지 않을 테지만,
왜냐하면 나도 믿지 않았으니까,
광화문 한복판에 땅굴이 있다는
것은 사실이다.

이승우, 『끝없이 두 갈래로 갈라지는 길』,
창해, 2005.

두 소설의 화자 모두 '광화문 한복판'에서 기이하고 믿기지 않는 풍경과 맞닥뜨린다. 한쪽은 강풍을 이기지 못하고 마치 빗자루를 타고 하늘을 나는 마법사처럼 치마를 휘날리며 길 건너편으로 날아가 가볍게 착지하는 젊은 여성을, 다른 쪽은 조선 시대 궁궐을 몰래 빠져나와 사랑하는 이와 해후하던 공주가 이용했다는 땅굴을.

글쎄, 둘 다 '광화문 한복판'이어서 가능한 상상 아니었을까. 광화문에만 붙일 수 있는 그 '한복판'. 남대문이나 서대문에는 좀처럼 붙이지 않는 바로 그 한복판.

하지만 두 작가 모두 2016년 겨울 바로 그 '광화문 한복판'에서 토요일마다 벌어진 풍경을 미리 보았다면, 이 정도의 풍경을 기이하고 믿을 수 없노라고 말할 수는 없었으리라. 150만 명이 훌쩍 넘는 시민이 시위를 하기 위해 모인 상황에서 아무런 폭력 사태가 발생하지 않은 것은 물론 시위대가 길거리 청소까지 하고 흩어지는 것보다 더 기이하고 믿기지 않는 사태는 없을 테니까.

마치 '광화문 한복판'에 땅굴이 뚫리기라도 한 듯 땅 밑에서 용암처럼 솟아나온 사람들이 어느새 광장을 가득 메우고, 강풍에도 꺼지지 않는 촛불을 들고 구호를 외치며 오래도록 행진했다. 촛불이 밤공기를 따뜻하게 데워 주었다. 나는 하염없이 걷다가 옆 사람의 구호 소리에 깜짝 놀라 구호를 따라 외치곤 했다. 기이하고 믿기지 않는 풍경이 펼쳐지던 그 '광화문 한복판'에서.

1965년 8월 8일 아침,
워싱턴 주의 벨링햄.

로버트 제임스 월러, 공경희 옮김, 『매디슨
카운티의 다리』, 시공사, 1993.

야구를 좋아하는 사람이라면,
누구나 1982년을 기억하고 있을
것이다.

박민규, 『삼미 슈퍼스타즈의 마지막 팬클럽』,
한겨레신문사, 2003.

개인적으로 의미 있는 해가 있고 모두에게 의미를 갖는 해도 있다.

가령 1965년 8월 8일은 나 같은 사람에겐 세상에 태어나기도 전에 이미 흘러가 버린 무수한 해와 날들 중 하나에 불과하지만, 『매디슨 카운티의 다리』의 주인공인 프란체스카와 킨케이드에 겐 평생 잊을 수 없는, 아니 삶을 한 번 더 산다고 해도 잊으려야 잊을 수 없는 해이자 날이리라.

그런가 하면 1982년은 어떤 사람에겐 특별한 해가 될 수도 있고 다른 사람에겐 그저 그런 해에 불과할 수도 있지만, 한국 에서 야구를 즐기는 많은 사람들에겐 프로야구가 없어지지 않 는 한 공통적으로 특별한 의미를 갖는 해일 수밖에 없으리라.

나? 음, 나는…… 2010년 9월과 2002년 7월을 특별한 해와 달로 기억한다.

앞의 것은 내게 개인적으로 특별한 해와 달이고, 뒤의 것은 내가 누군가와 공통적으로 기억할 만한 특별한 해와 달이다. 2010년 9월 나는, 내게 아주 특별한 사람을 만났고, 2002년 7월 나는, 난생처음으로 광장에 모여 축제를 벌이는 한국 사람 들을 보았다. 분노와 두려움이 아닌 환희와 기쁨을 표현하기 위 해 광장에 모인 '우리'를 본 것은 그때가 처음이었다.

나는 보이지 않는 인간이다.

랠프 엘리슨, 조영환 옮김, 『보이지 않는 인간』,
민음사, 2008.

테레즈, 많은 사람들이 너는
존재하지 않는다고 말할 것이다.

프랑수아 모리아크, 조은경 옮김, 『테레즈
데케루』, 펭귄클래식 코리아, 2011.

실제로 눈에 보이지 않아 존재하지 않는 것처럼 여겨지는 인물이 등장하는 건 아니다. 두 소설 다 장르 소설이 아니니 투명인간이 주인공일 리 없잖은가. 저 문장에서 말하는 존재란 당연히 물리적 존재가 아니라 사회적 존재다. 물리적으로는 다른 사람들과 마찬가지로 엄연히 존재하는데도, 하여 누가 봐도 분명히 사람으로 보이는데도 불구하고 마치 존재하지 않는 것처럼 취급당하는 인물들.

미국 남북전쟁 직후 여전히 흑인을 노예로 보는 시선 속에서 자신을 찾으려 애쓰는, 남부 출신 흑인 청년이나, 남편을 독살하려다가 실패하고 법정에서 공소기각 판정을 받고는 아무 일 없었다는 듯 남편과 함께 다시 부부로 살아가야 하는 테레즈나 모두 자신이 속한 사회에서 '보이지 않는 인간'이고 '존재하지 않는 인간'이다. 물리적으로는 존재할 수 있어도 사회적으로는 더 이상 존재할 수 없는 인물들이니까.

백인의 상대적 존재인 흑인으로 또는 남편의 상대적 존재인 아내로만 살아갈 수 있을 뿐 스스로 자신의 가치를 드러내는 자유로운 인간으로는 존재할 수 없다는 게 사회가 저들에게 내린 판결이다.

남편이 '왜 나를 독살하려 했느냐'고 묻자 테레즈는 '당신이 심란해하는 모습을 보고 싶었기 때문'이라고 말하는데, 이는 아마도 '나'를 빤히 보고 있으면서도 보이지 않는 것처럼 구는 사회 전체의 표정에서 '심란해하는 모습'을 보고 싶었다는 말이리라.

헝가리 식당에서 스테이크 네 조각을
깨끗이 먹어 치웠지만, 방으로 가기 위해
호텔 복도를 지날 때 프레디 만치니는
그래도 허기가 졌다.

레온 드 빈터, 유혜자 옮김, 『호프만의 허기』,
디자인하우스, 1996.

정말 배가 고팠던 걸까? 오랫동안 잠을 이루지 못하고 냉장고를 뒤져 목구멍까지 음식이 차오르도록 꾸역꾸역 먹어 대다가 한꺼번에 게워 내는 짓을 반복하는 일이 과연 배고픔을 이기지 못한 결과라고 말할 수 있을까? 결혼 생활은 오래전에 어긋나 버렸고 두 딸마저 각각 백혈병과 약물 과용으로 사망한 데다 자신은 20여 년간 잠을 이루지 못하고 몸은 풍선처럼 부풀어 가는 중년의 외교관. 전임 대사가 남기고 간 스피노자의 책을 붙들고 한 장 한 장 읽어 가는 것이 유일한 위안인 그가 느낀 허기가 단지 배고픔이었을까? 두 딸 중 하나가 죽기 전에 찍었다는 포르노를 남은 재산을 탈탈 털어 가며 마지막 필름까지 남김없이 구입하려는 저 중늙은이가 기댈 곳이 세상에 단 하나, 빛바랜 스피노자의 책이었다는 게 어처구니없다. 그것도 자신 같은 인간을 불필요한 존재라고 규정하는 내용을 담은 책. 정말 배가 고팠을까? 어쩌면 자신의 삶과 닮은 토사물을 제 눈으로 확인하기 위해, 그러니까 토하기 위해 아귀처럼 먹어 댄 것은 아니었을까? 봐, 이게 바로 너야. 네 삶이라고.

이상하게 허기가 진다. 밥 먹은 지 얼마 안 된 것 같은데…….

그 이야기는 난롯가에 앉아 있는
우리를 숨도 쉴 수 없으리만치
조마조마하게 만들었다.

헨리 제임스, 정상준 옮김, 『나사의 회전』,
시공사, 2010.

나는 그 이야기를 여러 사람한테서
조금씩 얻어들었고, 이런 경우에 으레
그러하듯이 그 이야기는 들을 때마다
조금씩 달라졌습니다.

이디스 워튼, 김욱동 옮김, 『그 겨울의 끝』,
열린책들, 2002.

두 소설 다 "그 이야기"로 시작한다. 어떤 이야기일까. 하긴, 어떤 이야기인들 무슨 상관인가. 추운 날 난롯가에 둘러앉아 듣는 이야기인걸. 얼어붙었던 몸이 스르르 녹고 얼굴이 벌게질 무렵이면 공기도 팽창해서 바깥과 달리 소리도 크게 들리기 마련이다. 이런 자리에선 누군가 불쑥 나서서 충격적인 고백을 하는 것도 어울리지 않지만 여러 사람이 동시에 떠들어 대는 것도 분위기에 맞지 않다. 누군가 약간은 가라앉은 듯하면서도 처지지 않은 목소리의 주인공이 모두의 주목을 받으면서 차분하게 이야기를 들려주는 게 어울릴 만한 분위기랄까. 재미있는 이야기라면 더 재미있게 느껴질 테고 무서운 이야기라면 더 무섭게 여겨지리라. 어디선가 다른 곳에서 들었을 법한 이야기라면 더 나을지 모르고. 낯선 이야기보다 친숙하지만 다른 방식으로 전해지는 이야기가 적당할 테니까. 난롯가에 모여 앉았던 사람들을 통해 여러 사람에게 조금씩 다른 이야기로 각색되면서 전해질 만한 '그 이야기' 말이다.

그 일에 대해 나는 굳이 알고자
하진 않았지만 결국 알게 되었다.

하비에르 마리아스, 김상유 옮김, 『새하얀 마음』,
문학과지성사, 2015.

아, 이러면 안 되는데······.

다케우치 마코토, 오유리 옮김, 『도서관에서
만나요』, 웅진지식하우스, 2011.

달리는 전철 안에서 책을 읽던 소설의 화자가 중얼거린다.

아, 이러면 안 되는데…….

책에 빠져드는 자신에게 하는 소리다.

그럴 때가 있다. 그런 소설책도 있고.

가령 "그 일에 대해 나는 굳이 알고자 하진 않았지만 결국 알게 되었다"라는 문장으로 시작하는 소설이라면 안 그럴 수 없으리라. 게다가 이제 막 신혼여행에서 돌아온 신부가 가족들과 식사를 하던 도중 혼자 화장실에 가서 권총으로 목숨을 끊었다는 설명이 이어진다면 더더군다나 빠져들지 않을 도리가 없겠다. 이런 소설이라면 빠져나오려고 할 때마다 다시금 늪 같은 사건이나 이야기를 배치해서 마지막 문장을 읽을 때까지 결코 빠져나올 수 없도록 만들었으리라는 것도 능히 짐작할 수 있으니까. 이럴 땐 어디로 가게 될지 염려하지 말고 그저 편안히 마음을 맡긴 채 이야기를 따라가는 게 낫다. 어차피 결국 따라가게 될 테니까.

사람 하나 세상에서 사라지는 것쯤
간단하지 않을까.

가쿠다 미쓰요, 권남희 옮김, 『종이달』,
예담, 2014.

혹시, 이 사람을 찾고 있나요?

텐도 아라타, 권남희 옮김, 『애도하는 사람』,
문학동네, 2010.

단지 사람 하나가 사라지는 걸로 끝나는 게 아니다. 무엇보다 소설이 그걸 잘 보여 준다. 시점을 바꿔 가면서 서술을 이어가는 형식을 통해, 스스로를 세상에서 사라진 존재로 만들려는 주인공을 애써 기억하는 사람들이 있다는 걸 보여 주니까.

그런가 하면 사라지고 싶어 사라진 게 아닌 데다, 완전히 사라져 버려 더는 이 세상 사람이 아닌 사람들 또한 누군가는 반드시 기억한다는 걸 보여 주는 소설도 있다.

도망치듯 사라진 사람이든 억울하게 죽음을 맞은 사람이든 누군가는 기억한다. 두 편의 소설이 그 사실을 잘 보여 준다. 그러고 보니 소설이란 게 누군가를 기억하려고 애쓰는 시간의 기록인 것만 같다. 누군가를 기억하기 위해 한 문장 한 문장 써 내려간 기록. 바로 그 문장을 쓴 자까지 포함한, 언젠가는 사라져 버릴, 그 모든 누군가를 기억하기 위한.

●강박

아름다워야 한다.

천운영, 『생강』, 창비, 2011.

우선, 내가 주인공임을 밝혀 둔다.

최민석, 『능력자』, 민음사, 2012.

"아름다워야 한다."

주어가 없다. 누가? 모두가? 그럴 리가. 내가 아름다워야 한다는 말이겠지. 말하자면 굳이 주어를 집어넣을 필요가 없는 문장인 셈. 게다가 숨은 주어가 더 있기에 더더욱 주어를 명시하지 못했으리라. '모두'가 인정할 만큼 '내'가 아름다워야 한다는 의미의 문장이 되어야 할 테니까.

그러니 굳이 내가 주인공임을 밝혀 둘 필요는 없으리라. 그런데도 그리했다면 이유가 있을 터. 내가 주인공이라고 말해 놓아야만 하는 이유. 그 이유를 알아보는 것도 소설을 읽는 재미 가운데 하나 아닐까.

●욕조

1) 오후 시간을 욕실에서 보내기
시작했을 때, 나는 그곳에서 살려는
생각은 아니었다.

장 필립 뚜생, 이재룡 옮김,『욕조』, 세계사, 1991.

내 친구는 어릴 때 잘사는 친구 집에 놀러 갔다가 수세식 변기를 보고 놀랐다고 했다. 친구에게 직접 들은 게 아니라 친구 아버지에게 들었다. 그것도 시간이 한참 지나서 고등학교를 졸업할 무렵에 들은 걸로 기억한다. 그날 충격을 받은 모양인지 그 말 많던 녀석이 하루 종일 침울해하더라나.

내 경우는 욕조였다. 게다가 어릴 때도 아니었다. 고등학생 때였으니까. 여의도 아파트에 사는 초등학교 친구 집에 우연히 갔다가 욕실에서 욕조를 봤다. 그땐 수세식 변기는 이미 다른 데서 겪어 봐서 욕조가 유독 돌올해 보였던 모양이다. 하긴 욕실에서 변기 빼면 특이할 만한 게 욕조밖에 더 있었겠는가. 지금처럼 해바라기샤워기가 있던 시절도 아니고.

아무튼 『욕조』라는 소설의 첫 문장을 읽었을 때, 내가 떠올린 건 고등학교 때 본 친구네 아파트 욕실의 욕조였고, 오후 시간을 욕조에서 보낸다는 게 이상하기는커녕 호사처럼 여겨졌더랬다. 이 소설을 읽은 게 1991년이었으니 이른바 '푸세식' 화장실에 욕실은 따로 없는 데다 연탄을 갈아야 하는 집에 살 때여서 더 그랬는지도 모르겠다.

솔직히 말해서 찰스 스트릭랜드를 처음
만났을 때 나는 그에게서 보통 사람과
다른 점을 전혀 발견하지 못했다.

서머싯 몸, 송무 옮김, 『달과 6펜스』, 민음사, 2000.

모든 아이들은 자란다,
단 한 명만 제외하고.

제임스 매튜 배리, 이은경 옮김, 『피터 팬』,
펭귄클래식 코리아, 2008.

항상 단 한 사람이 문제다. 보통 사람과는 다른 한 사람. 우리의 주인공. 어떤 식으로든 달라야 하는 한 사람. 장삼이사나 필부필부라면 군이 발견하려고 애쓸 필요조차 없는 그 다른 점을 어떻게든 찾아내야만 하는 사람. 정 안 되면 처음 만났을 때 보통 사람과 다른 점을 전혀 발견하지 못했노라고 쓰기라도 해야 하는 사람. 심지어 더는 자라지 않는 것마저 특징이자 다른 점이 될 수 있는, 우리의 주인공.

보통 사람을 조연이나 단역으로 만드는 것이 영 기분 나빠 한 때는 주인공을 백안시하기도 했다. 소설을 읽으면서 부러 주인공이 아닌 다른 인물에 초점을 두고 읽기도 했고. 그러다 깨달았다. 소설을 책임지고 끝까지 읽게 만들어야 하는 주인공의 그 무거운 책무와 부담감을. 다른 인물들에 시선을 주며 내가 딴짓을 하던 그 순간에도 홀로 소설을 끌고 가느라 분투하는 건 주인공뿐이었으니까. 세상 사람들의 입길에 오르내리는 일도, 세상살이의 그 모든 치사함도 홀로 묵묵히 감수하느라 쓸쓸해질 대로 쓸쓸해진 탓에 뒷모습이 아예 싹 지워져 앞모습뿐인, 우리의 주인공.

● 불길함
_____

불길함.

구효서, 『낯선 여름』, 중앙일보사, 1995.

이 소설의 첫 문장이 "불길함"이라는 명사였던가.

1995년 소설이 출간되던 해 여름에 이 소설을 읽었지 아마. 그다음 해 홍상수 감독의 데뷔작인 『돼지가 우물에 빠진 날』이 이 소설을 원작으로 만들어졌다고 해서 일부러 영화관에 가서 본 기억도 나고. 이상한 영화네 하고 중얼거리면서 영화관을 나 왔던 것 같은데. 무엇보다 소설을 원작으로 한 영화라면서 전혀 엉뚱한 이야기만 화면 가득 펼쳐져 실망이 컸더랬지.

그런데 이 소설, 시작이 "불길함"이었네. 불길함이라…….

소설 내용이야 그렇고 그런 불륜 이야기였으니, 아마도 문장 때문이었겠지. 뭐라고 특정할 수 없는 기미, 불길하다고 해야 할 지 불안하다고 해야 할지, 아니면 무슨 일이든 일어나기를 바라 는 묘한 기대감이라고 해야 할지, 아무튼 낯선 공기가 다가오는 그 낯선 기미를 포착해 내는 문장들. 그걸 봤던 걸까. 홍상수 감 독 말이야. 그러니 내용은 버리고 그 기미로 가득한 문장들을 화면 가득 담았던 거겠지.

1995년 여름이면 내가 첫 번째 직장에 사표를 냈을 때니 실 직자 신세였네. 영화를 보던 다음 해 늦봄에 두 번째 직장에 들 어갔으니 소설과 영화 사이에서 나 또한 낯선 기미로 가득한 시 간들을 보내고 있었군.

사방을 에워싼 석벽에서
몸뚱이들이 솟구쳐 올랐다.

페터 바이스, 탁선미 옮김, 『저항의 미학 1』,
문학과지성사, 2016.

내 머리 위에는 흑단목으로 조각한
털보 난쟁이 형상이 두 손에 촛대를 쥐고
있는 모습의 샹들리에가 걸려 있었다.

페터 바이스, 남덕현 옮김, 『저항의 미학 2』,
문학과지성사, 2016.

그녀는 눈 속에 무릎을
꿇고 있었다.

페터 바이스, 홍승용 옮김,
『저항의 미학 3』, 문학과지성사, 2016.

이 소설의 일인칭 화자인, 이름도 부여받지 못한 독일의 한 젊은 노동자는 "우리가 원한 것은 전체였다"라고 말한다. 그리고 "연장과 기계처럼, 예술과 문학도 생산수단이었다"라고 덧붙인다.

　노동자, 전체, 연장, 기계, 예술과 문학, 생산수단. 그리고 무엇보다 저항.

　이 모든 것들의 의미를 찾기 위한 지난한 과정인 듯, 하염없이 이어지는 화자의 진술을 읽노라면, 누군가의 진술이 곧 저항이 될 수 있고, 저항은 곧 거대한 전체이자 생산수단이 되기도 한다는 생각이 든다.

태초에 강이 있었다.

벤 오크리, 장재영 옮김, 『굶주린 길』, 문학과지성사, 2014.

16세기 중엽 하펠 강가에 미하엘 콜하스라는
말장수가 살았다.

하인리히 폰 클라이스트, 황종민 옮김, 『미하엘 콜하스』, 창비, 2013.

1801년.

에밀리 브론테, 김정아 옮김, 『폭풍의 언덕』, 문학동네, 2011.

1850년 무렵, 알자스 지방에 살고 있던
한 초등학교 선생이 아이들에게 들볶이다 못해
식료품상으로 직업을 바꾸고 말았다.

장폴 사르트르, 정명환 옮김, 『말』, 민음사, 2008.

1888년 폰 파제노 영주는 일흔 살이었다.

헤르만 브로흐, 김경연 옮김, 『몽유병자들』, 열린책들, 2007.

무술년 이월 초이틀이었다.

김동인, 『운현궁의 봄』, 애플북스, 2004.

1926년의 일이다.

앙투안 드 생텍쥐페리, 허희정 옮김, 『인간의 대지』,
펭귄클래식 코리아, 2009.

그 사건들은 1938년에 내게 일어났다.

모리스 블랑쇼, 고재정 옮김, 『죽음의 선고』, 그린비, 2011.

가아프의 어머니인 제니 필즈는 1942년, 보스턴의 어느 영화관에서 어떤 남자를 해쳤다고 체포되었다.

존 어빙, 안정효 옮김, 『가아프가 본 세상』, 문학동네, 2002.

1945년 1월 25일, 나는 민도로 섬 남쪽의 산속에서 미군의 포로가 되었다.

오오카 쇼헤이, 허호 옮김, 『포로기』, 문학동네, 2010.

나는 1967년 봄에 그와 처음으로 악수를 했다.

폴 오스터, 이종인 옮김, 『보이지 않는』, 열린책들, 2011.

1969년 9월 4일 뉴욕.

시드니 셸던, 김시내 옮김, 『천사의 분노』, 북앳북스, 2004.

1975년의 춥고 흐렸던 어느 겨울날, 나는 열두 살 나이에 지금의 내가 되어 버렸다.

할레드 호세이니, 이미선 옮김, 『연을 쫓는 아이』, 열림원, 2007.

1984년 어느 여름날 아침 평소보다 늦게, 조이드 휠러는 지붕 위에서 쿵쿵거리고 돌아다니는 어치떼 소리를 들으며, 창가에서 스멀스멀 움직이는 무화과나무 사이로 비치는 햇살에 자기도 모르게 잠에서 깼다.

토머스 핀천, 박인찬 옮김, 『바인랜드』, 창비, 2016.

1990년 10월 3일, 화요일 아침 10시 30분.

제임스 미치너, 윤희기 옮김, 『소설』, 열린책들, 2009.

2002년 7월 어느 겨울날, 조제 파울로라는 남자는 썩은 마룻바닥에 구멍을 냈다.

헤닝 망켈, 김재성 옮김, 『불안한 낙원』, 뮤진트리, 2015.

사람들은 크렘린, 크렘린 하고들
말한다.

베네딕트 예로페예프, 박종소 옮김, 『모스크바발
페투슈키행 열차』, 을유문화사, 2010.

서울을 버려야 서울로 돌아올 수
있다는 말은 그럴듯하게 들렸다.

김훈, 『남한산성』, 학고재, 2007.

나는 지금 죽어 가고 있건만 아직도
하고픈 말이 너무도 많다.

로베르토 볼라뇨, 우석균 옮김, 『칠레의 밤』,
열린책들, 2010.

말에는 정처가 없다. 하지만 말하는 사람은 그 말로 정처를 찾고자 한다. 정처 없는 그 말들의 정처를 찾는 행위의 집합이 곧 정치政治이리라. 물론 말의 정처를 찾는 일은 쉬운 일이 아니다. 김훈에 따르면 "사람의 마음에서 비롯하는 정처 없는 말과 사물에서 비롯하는 정처 있는 말이 겹치고 비벼지면서, 정처 있는 말이 정처 없는 말 속에 녹아서 정처를 잃어버리고, 정처 없는 말이 정처 있는 말 속에 스며서 정처에 자리 잡는 말의 신기루 속"(『남한산성』, 72쪽)을 돌파해 내야 하니 말이다.

세 편의 소설은 그 신기루 속을 돌파해 내기가 얼마나 어려운지 잘 보여 준다. 각각 모스크바와 서울 그리고 산티아고에서, 말들은 서로 "말의 신기루 속"을 헤매기도 하고, 말들의 주인을 저만치 밀어내거나 말들의 주인에게 가면이 되어 주거나, 아니면 저희끼리 서로를 밀어내고 서로에게 가면이 되어 주기도 한다.

하지만 분명한 것은, 말로 정처를 찾고자 하는 말하는 사람의 욕망이, 어디든 정처를 갖지 않으려는 말의 욕망보다 더 크다는 사실이다. 언제나 그렇다.

● 꽃

댈러웨이 부인은 자기가 직접 가서
꽃을 사 오겠다고 했다.

버지니아 울프, 이태동 옮김, 『댈러웨이 부인』,
시공사, 2012.

이 소설을 읽는 내내 마음이 편안했다. 화자의 시점이 들쑥날쑥해서 읽기에 불편해야 마땅한데 웬일인지 편했다. 각각의 인물들에게 부여된 시간이 마치 제 나름으로 피었다가 지는 꽃들처럼, 혹은 밀려왔다가 밀려가는 밀물과 썰물처럼 '어쩔 수 없는 것'으로 보였던 모양이다. 심지어는 반복적으로 등장하는 커다란 시계 빅벤의 종소리마저도 소설의 등장인물처럼 여겨질 정도였다. 피고 지고, 밀려오고 밀려가고, 뛰어오르고 뛰어내리는 삶 가운데로 스며들 듯 울려 퍼지며 시간을 알리는 종소리.

이런 문장들에 밑줄을 그었다.

"어쩜 이렇게 화창하지! 바깥으로 뛰어들고 싶어!"(7쪽), "그녀는 굴뚝 같기도 하고, 녹슨 펌프 같기도 하고, 바람에 꺾여 부러져 더 이상 새로운 나뭇잎을 나게 할 수 없는 고목 같기도 했다."(118쪽), "몸속에서 밀물과 썰물이, 오전과 오후가 교차되고 있었다."(165쪽), "그 궁극적인 신비는 아주 단순한 사실 안에 담겨 있었다. 여기에 방 하나가 있고, 저기에는 또 다른 방이 있다는 것. 종교가, 또는 사랑이 그 문제를 푼다고?"(186쪽), "또 졌군. 반복되는 인생처럼."(236쪽), "어둑어둑해진 하늘은, 아름다운 한쪽 뺨을 돌리듯 저물어가고 있었다."(271쪽).

그리고 첫 문장으로 돌아와 다시 읽고 나서야 알았다. 그래 꽃을 사러 나갔었지. 거리를 돌아다니다 꽃을 사 가지고는 파티가 열릴 집으로 돌아왔고. 나갔다 돌아오는 것, 그게 삶이었구나. 파티를 여는 댈러웨이 부인도 하염없이 솟구칠 수만은 없고, 건물에서 뛰어내려 자살하는 셉티머스도 하염없이 떨어져 내릴 수만은 없다는 것. 어쨌든 다들 집으로 돌아가야 한다는 것. 제 몫의 꽃을 들고서…….

그토록 불길하게 여기셨던 일이 별다른
탈 없이 시작되었다는 소식을 들으신다면
무척 기뻐하시겠지요.

메리 셸리, 김선형 옮김, 『프랑켄슈타인』, 문학동네, 2012.

불길하게 여겼던 일이 별 탈 없이 시작되었다니, 의미심장한 첫 문장이다. 비록 시작은 탈이 없었지만 그렇다고 불길함이 사라진 건 아니다. 모든 시작이 다 그렇겠지만.

특히 이 소설에서 불길함은 소설을 시작하게 만들면서 내내 해소되지 않은 채로 남는 불길함이다. 자연스럽게 소설을 끝까지 이끌어 가는 원동력이 되었다고나 할까. 가령 불길함을 무릅쓰고 북극을 향해 가는 화자나 불길함을 무릅쓰고 신의 영역에 도전하는 프랑켄슈타인 박사나 불길함을 무릅쓰고 자신을 창조한 박사에게 도전하는 괴물이나 모두 불길함에 이끌려 무언가를 시작해서 여전히 불길함을 향해 움직여 가는 인물들로 그려지니 말이다.

하지만 이 모든 불길함을 가능하게 만든 또 다른 불길함이 없었다면 이 소설의 불길함은 제 역할을 못했으리라. 단 한 번도 답장을 통해 자신을 드러내지 못한 채 이 모든 불길함들을 홀로 지켜봐야 하는 화자의 누나가 느낀 불길함이 그것이다. 이 불길함은 고스란히 독자에게 전해져서 소설을 읽는 내내 긴장감을 풀지 못하게 만든다. 그러니 이 소설이 지금처럼 답장이 없는 일방적인 편지로 구성되지 않았다면 그 불길함은 점점 고조되지 못한 채 스르르 풀어지고 말았을 것이고, 결국『프랑켄슈타인』은 영화에서 그린 것처럼 단지 괴물이 등장하는 삼류 공포물에 머물고 말았으리라.

● 찻주전자
_____

이런 찻주전자가 있다면 어떨까?

조너선 사프란 포어, 송은주 옮김, 『엄청나게
시끄럽고 믿을 수 없게 가까운』, 민음사, 2006.

이 엄청나게 요란하면서도 믿을 수 없게 새로워 보이는 소설의 시작이 찻주전자 이야기였던가. 하긴 찻주전자 안에서 찻물이 끓고 있는 장면을 머릿속에 그려 보니 이 소설의 시작으로 마침맞다 싶기도 하다. 부글부글 끓고 있는 물과 찻주전자의 뚜껑을 들썩거리게 만드는 수증기 그리고 공기를 가르고 요란하게 울려 퍼지는 소리…….

이 소설에서 그린 애도보다 더 시끄럽고(요란하고) 더 가까운(친근한) 애도도 다시없으리라. 하늘을 나는 비행기가 하늘을 찌를 듯 솟아오른 고층 건물에 부딪히면서 시작된 비극. 녹아내리고 떨어져 내리고……. 저 위 하늘에서 사람과 돌과 불과 연기가 시끄러운 굉음과 함께 쏟아져 내린 수직적 비극에 맞서, 아니 그 비극을 달래기 위해 오스카는 이 아래 땅에서 여기저기 끝도 없이 돌아다니며 수평적 애도를 시도한다. 그것은 아마 저 공중 어디에선가 무너져 내리기 직전 전화로 간절하게 오스카를 찾았던 아버지에게 그때 미처 하지 못한 대답을 들려주는 의식 같은 것이리라. 가장 시끄럽고 가장 가까운 애도로서의 의식.

이 소설을 다 읽고 처음으로 돌아가 첫 문장을 다시 읽으면 저 문장이 이렇게 보인다.

'이런 소설이 있다면 어떨까?'

그것이 어떻게 시작되었는지
나도 모르겠다.

이자벨 미니에르, 이상해 옮김, 『평범한 커플』,
작가정신, 2007.

당신은 끝을 알고 있다.

프레데리크 베그베네, 한용택 옮김, 『살아있어
미안하다』, 문학사상사, 2005.

그래, 끝이라도 알 수 있다는 게 어딘가. 어차피 시작이야 내 의지가 개입된 것도 아니고 게다가 어디가 정확한 시작점인지 따지다 보면 골치만 아파질 뿐이니.

아마도 시작이 우리의 일이 아니기 때문인지도 모르겠다. 말하자면 신이 시작한 걸 우리가 끝낸달까.

소설의 첫 문장이 소설에서 벌어진 모든 일의 시작이 아님은 두말할 필요 없겠다. 어쩌면 소설의 첫 문장에게 부여된 가장 큰 임무는 소설의 시작이 어디인지 알 수 없게 만드는 것인지도. 아니면 시작을 분명히 할 수 없는 이야기의 숙명을 드러내는 것인지도.

반면 소설의 끝은 손바닥을 들여다보듯 분명하다. 카프카의 장편소설처럼 미완의 소설이라는 분류는 가능해도 시작이 불분명한 소설이라는 분류는 불가능한 것만 봐도 알 수 있잖은가. 우리가 분명히 할 수 있는 건 시작이 아니라 끝이라는 것을.

장례식이 끝났다.

쇼지 유키야, 김난주 옮김, 『모닝』, 개여울, 2009.

그럼, 이제 다 끝난 것인가?

아니, 이제야말로 제대로 시작할 때다. 누군가에게는…….

무엇보다 소설의 첫 문장이니 소설이 시작되어야 한다.

첫 문장에 끝이, 그것도 "장례식이 끝났다"라는 문장으로 거론되니 시작치고는 고약하다 싶지만, 따지고 보면 가장 홀가분한 시작이 아닐는지. 죽어서 다른 세상을 찾아가야 하는 망자에게나 이곳에서 다른 삶을 새롭게 시작해야 하는 남은 사람들에게나 그리고 무엇보다 이제 비로소 시작해야 하는 소설에게나…….

소설의 첫 문장
: 다시 사는 삶을 위하여

2016년 12월 24일   초판 1쇄 발행
2023년 11월 4일   초판 5쇄 발행

지은이
김정선

펴낸이	**펴낸곳**	**등록**	
조성웅	도서출판 유유	제406-2010-000032호(2010년 4월 2일)	

주소
경기도 파주시 돌곶이길 180-38, 2층 (우편번호 10881)

전화	**팩스**	**홈페이지**	**전자우편**
031-946-6869	0303-3444-4645	uupress.co.kr	uupress@gmail.com
	페이스북	**트위터**	**인스타그램**
	facebook.com	twitter.com	instagram.com
	/uupress	/uu_press	/uupress

편집	**디자인**	**마케팅**	
이경민	이기준	전민영	

제작	**인쇄**	**제책**	**물류**
제이오	(주)민언프린텍	(주)정문바인텍	책과일터

ISBN 979-11-85152-58-5 03800

문장 시리즈